# 私のサイクロプス

山白朝子

角川文庫
21449

目次

私のサイクロプス……五
ハユタラスの翡翠……四三
四角い頭蓋骨と子どもたち……七三
鼻削ぎ寺……一〇三
河童の里……一三五
死の山……一六五
呵々の夜……一八九
水汲み木箱の行方……二三三
星と熊の悲劇……二五五

# 私のサイクロプス

# 一

主要な街道には関所があり、許可無くして通ることはできなかった。芸人や力士は通行手形を見せるかわりに、芸を見せて通してもらうことがあるという。しかし私のような町娘の場合そうはいかない。芸もないし、女だからだ。

「入鉄炮出女《いりでっぽうでおんな》」という言葉がある。町にはこばれる鉄砲と、町から出ていく女に関しては、特に警戒してしらべるようにと通達がなされているのだ。鉄砲を規制するのはなんとなくわかる。しかし町から出ていく女を役人が気にしているのはなぜだろう？

その答えは大名の参勤交代という制度にある。大名たちは定期的に町と自領とを行ったり来たりせねばならない。そのたびに大人数で行列しなくてはいけないというから、かなりの出費である。しかしそれがねらいだ。出費を強いることで勢力を削ぎ、謀反《むほん》を起こさせないようにする。さらには、大名たちが自領へ行っている間、妻子を町に常駐させておくようにと役人たちは命令した。これには人質という意味合いがあった。町で妻子をにぎっておけば、大名が自領にもどったとしてもおかしなことはかんがえまいというわけだ。大名の妻子は人質であるから、許可無く町を出ることも禁止した。たとえば大名の妻が別の者に変装して関所を越えようとしたならば、謀反の意ありとして処罰される。そのようなわけで町から出ていく女を厳重にしらべることになり、「入鉄炮出女」となったわけだ。

「よかったな、おまえも一応は女としてあつかってもらえて」

私だけ関所を通過するのに時間がかかった。いつも顔色のわるい付き人の耳彦《みみひこ》が私に言った。

「耳彦さんこそ、よくも関所を通過できたものです。その陰気な顔を通すなんてどうかしてます。私が関所の番人だったら通すもんですか」

「陰気な顔してちゃあ旅もできないってのか？」

「行く先々で迷惑です。耳彦さんの顔を見せられる各藩のみなさんにあやまってください」

喧嘩《けんか》をしていると、蠟庵《ろうあん》先生が仲裁に入った。

「二人ともあいかわらず仲がいいな。さあ、出発しよう。輪《りん》、何事もなくてよかった」

「はい」

私の名前は輪という。車輪の輪、そして輪廻《りんね》の輪だ。普段は町の書物問屋で働いている。

「私なんか、男装している女だとまちがわれて、服を脱がされて体をしらべられたことがある」

旅の荷物を背負いながら蠟庵先生は言った。先生は長い髪の毛を後ろにむすんで馬の尻尾《しっぽ》のようにたらしており、行き交う人が女かとおもってふりかえるような容姿である。旅本の執筆を生業としており、各地の名所旧跡や温泉地をめぐってそのことを本に書く。私がお世話になっている書物問屋の主人が蠟庵先生に執筆を依頼しており、その関係で私も旅に同行して先生のお手伝いをしているというわけだ。

「蠟庵先生、わざわざ関所を通らずとも、山の中をあるいて迂回《うかい》することもできるのでは？」

付き人の耳彦が聞いた。

「そりゃあ、できるだろう。見つかったら磔《はりつけ》にされるからおすすめはしないけど。それに、案内人もなく山の中を行くのは危険だ。何が出るかわからない。山にはいろんなものが住んでるからね。ひとたび、足をふみいれたら、そこは私たちのしっている場所ではないんだよ」

達観したかのような涼しげな顔で言う。先生の目にはあらゆる物事が見えているかのようだが、それは気のせいかもしれない。

「蠟庵先生！　どうして一本道で迷うんですか⁉」

あらゆるものが見えているのであれば、地図くらいは読めるだろうに。事前のかんがえでは、昼過ぎには両側に土産物屋のならぶ宿場町についているはずだった。しかしいつのまにか私たちは周囲に何もない獣道に迷いこんでいたのである。

「そんなに怒らなくとも、いつものことじゃないか」

「迷って旅の日程がながくなると、うちの出費がかさむんです！」

旅の経費は書物問屋が受け持っている。出費がかさんだら、私のお駄賃が減ってしまうかもしれない。それにしても、この人の迷い癖はひどかった。自信満々に道をすすんでいたら朝に出発した場所にもどってしまう。今度こそとおもって慎重に地図を見ながら道を選べば、一昨日《おととい》に休んだ宿場町まで帰ってきてしまう。もういっそのこと私が道をえらんで先頭をあるいたとしても、蠟庵先生が旅の一味にいるだけで、なぜかしらない道に迷いこんでしまう。海をわたったつもりはないのに、島に迷いこんでいることもあれば、鍵《かぎ》のかかったお城の中にいたこともある。

「まあ、そのうちどうにかなるさ」

あくびまじりに耳彦が言った。この付き人は、蠟庵先生の不毛な迷い癖にすっかり慣れている。

それにしても、不幸というものは、ある日、急に訪れるものだ。その日の私が、まさにそれだった。山道をあるきつづけているうちに、蠟庵先生や耳彦とはぐれてしまったのである。

「蠟庵先生！　おーい、耳彦さーん！　どこにいるんですかー!?」

いつのまにか二人の背中がどこかに消えていた。

「だれかー！　いませんかー！」

声を出しながら、三日三晩あるいた。夜になるとあたりはまっ暗になり、野犬か狼の遠吠《ぼ》えが遠くから聞こえてきた。飲み水がなくなり、水たまりの泥水に口をくっつけてすすった。食料が尽きて、野草や茸《きのこ》を口に入れる。それでも空腹はおさえきれず、頭がぼんやりとしてくる。急斜面のそばをあるいていたことに気づかず、足をすべらせて私は滑落した。岩肌で頭をうち、足首も痛めてしまい、起き上がれなくなった。体がうごかず、私はついに死を確信した。

こわくはなかった。実を言えば、これまでに何度も、数え切れないくらい死んだことがあるのだ。でも、それはまた別のお話で、蠟庵先生にも打ち明けていない。今回の人生はここで終わりのようだ。さてと、また赤ん坊からやりなおしか。などとかんがえているうちに、目がかすんできて、ついに私は気をうしなった。

そこからさきは、夢か現世《うつつ》かわからない状態だった。

なにか、おおきなものがちかづいてくるような気配がした。

地面がゆれて、周囲の木がざわめき、枝葉のかきわけられる音がする。

自分の体が抱えられて、はこばれる。

力強い腕につつまれ、私は山の奥へ奥へと連れて行かれた。
何者かが不器用な手つきで私の口にどろりとしたものを流し込む。
まずかった。しかし、滋養のあるものだとわかった。

ねむりからさめると、私は板床の部屋にいた。天井も壁もぼろぼろだが、ずいぶんと広い場所だった。私はたすかったらしい、と気づいて、また気絶した。しばらくして、床板の軋《きし》む音が聞こえてくる。目をつむったまま、何者かの強い視線を感じた。だれかが見ている。

おそるおそる瞼《まぶた》を開くと、おおきな男が、私の顔をのぞきこんでいた。男はふつうの人間ではなかった。背丈が私の三倍ほどもある。いや、もっとおおきい。天井に頭がつきそうなほどだ。膝《ひざ》をつき、四つん這《ば》いの状態で顔をちかづけている。

「お、お、おまえ……、俺が、こわくねえのか……？」

男が言った。ほんとうは悲鳴をあげたかったけれど、声が出なかっただけだ。男の頭髪は、ぼさぼさの伸び放題で、着物はところどころやぶけている。手足は太く、筋肉が隆起して照り輝き鋼のようだった。それにしてもおおきい。男の重みをささえきれず、床板がたわみ、いまにも床がぬけそうだ。

「俺が、こわくねえのか？　そんなやつ、はじめてだ……」

男はさらに顔をちかづける。その瞳《ひとみ》に私の姿がうつりこんでいた。私をのぞきこむ男の目が、たったのひとつしかない。左右のどちらかが欠損しているという意味ではない。顔面の中心に、たったひとつだけ眼窩《がんか》がひらいており、そこに眼球がおさまっている。顔に対する目の比率もふつうの人間にくらべておおきい。鼻と口は顔の下よりについており、顔面のほとんどが一個の目によって占められていた。

「……サイクロプス」

私の喉《のど》が、かすれた声を出す。海のむこうから届いた書物に、そのような名前の巨人に関する記述があった。キュクロープスとも呼ばれる、ひとつ目の神の名前だ。巨人の気分をそこねて、食べられてはいけないとおもい、平気なふりをした。

二

私の寝かされていた建物は、広い板床の部屋がひとつあるだけの寂れた家屋だった。起き上がり、周囲を確認してみる。隣におおきな三角の建物があった。丸太を組みあわせて巨大な三角を作り、そこに木の板をはりつけたような高い建物だ。サイクロプスはそれを「たかどの」と呼び、普段はそこで寝起きをしているそうだ。「たかどの」とは高殿のことだろう。中に入ってみると、はるか頭上の先まで吹き抜けになっており、ここならサイクロプスも四つん這いにならずに生活ができるだろうとおもわれた。床はむきだしの土で、布団は見あたらず、材木の切れ端と砂の山と火をおこす炉があるだけだ。

高殿内を見て確信した。炉の横に壁があり、その反対側に風を送りこむためのふいごがある。まちがいない。ここはたたら場だ。炉で砂鉄を溶かし、鉄をとりだすことを、たたら吹きと言うのだが、それがおこなわれていた形跡がある。

この場所はサイクロプスの手によって作られたものではないだろう。私の寝かされていた家屋は巨人が寝泊まりするには天井が低すぎる。かつてここに、たたら吹きの一族が住んでいたのではないか。その一族が高殿をのこしたままどこかに消えたか、滅んだかして、その跡地にこの巨人が居着いているのだ。

「どれくらい前からここに住んでるの？」

足をひきずりながらうごきまわる私を、サイクロプスは、ひとつだけのおおきな眼球で追いかけていた。

「わからねえ。俺は気づいたときから、もうここに住んでいたんだ。おっ母《かぁ》、まだ休んでいたほうがいいんじゃないのか？　おっ母の足、ひどい痣《あざ》だぞ？」

「私はおっ母じゃないよ。ねえ、あなた、だれに言葉をならったの？」

「ならってねえよ。だれかと話すのは、はじめてなんだ。それなのに、言葉をしってるなんて、不思議なこともあるもんだ。なあ、あんたはほんとうに俺のおっ母じゃねえのかい?」

私はひとつ目の巨人を見上げた。図体はでかいが、話し方や仕草は子どものようである。

「どうして私のことを、おっ母だなんておもうの?」

「俺のことをこわがらねえのは、あんたがおっ母だからなんじゃねえのかい?」

サイクロプスは、顔面の中央にある瞳をあたりにさまよわせながら、棍棒《こんぼう》のような指をもじもじとさせた。どうやらこの巨人は、自分の両親のことをすっかりわすれてしまっているようだ。それとも、親という存在もないまま、ある日、この高殿に生まれ落ちたのだろうか。

「それに、あんたが俺のおっ母って証拠が、もうひとつある。だって、俺の名前をしっていたじゃないか」

「え? いつ?」

「さっき、俺のこと、さいくろぷす、って呼んでくれた」

期待のこもったまなざしをむけられる。

「それはあなたの名前ってわけじゃあ……」

巨人のまなざしには圧倒的な圧力があった。私はため息をつく。

「あなたには、別の名前をつけてあげる。とっても大きいから、大太郎《だいたろう》にしましょう」

「やった！　俺にも名前がついた！　俺は大太郎だ！」

巨人がうれしそうに跳びはねると、着地と同時に地面がゆれた。高殿の屋根裏から、大量の埃《ほこり》がもうもうとふってくる。巨人はよろこびの足踏みをつづけたが、埃に巻き込まれると、突然に顔をおさえてうめきはじめた。

「うう、おっ母、たすけてくれ……」

「どうしたの？」

「目に、埃が……」

私は体調が万全ではないというのに、井戸から水を汲《く》んできて巨人の目ん玉の埃を洗い流してやった。夕飯の時刻がちかづくと、大太郎が猪をつかまえてきた。素手で頭をもぎとり、皮を剝《は》ぎ、ばりばりと裂いて、指先で内臓をかきだした。指でつまんでぶらさげて、そのまま、たき火の上にかざした。炎の先が大太郎の手にあたっても、熱さで動じる気配はない。

「おっ母は休んでてくれ。滋養のあるものを、いっぱい、食べさせてあげるからな」

しかし大太郎のつくってくれたものはどれもそっけない味つけだ。そもそも料理とは言えず、猪を焼いただけの肉の塊だ。すこし臭いし固い。

「寝ている私の口に流し込んだあれは、いったいなんだったの？」

「猪と魚を焼いて、俺が咀嚼《そしゃく》したものさ」

「次からは私が料理するよ。包丁や鍋《なべ》はある？」

「そんならあるよ。俺はつかわねえけど、そういうの作るのが好きなんだ」

高殿の隅におおきな木箱があり、蓋《ふた》をあけると様々な鉄器が詰めこまれていた。包丁や鍋もあったが、それだけではない。農具の刃先や、侍が持つような刀の刀身、さらには鎧《よろい》の一部まである。

「これ、全部、あなたが作ったの？」

「ほかにやることもねえしな。鉄を作るのはたのしいぞ。おっ母にも、今度、見せてやるよ」

大太郎は、おおきなひとつ目を炉にむけた。そういえば、と私はおもいだす。サイクロプスという神は鍛冶《かじ》の技術に通じていたのではなかったか。そして、ひとつ目と鍛冶の関連はほかにもある。古い書物によればこの国にはかつて、天目一箇神《あめのまひとつのかみ》や天津《あまつ》麻羅《まら》という製鉄と鍛冶の神がいたらしいのだが、その名前に含まれている「目一箇」は「ひとつ目」という意味だし、「麻羅」は「目占」が由来で「片目」という意味なのだ。

「なるほど、ひとつ目は鍛冶が得意というのはほんとうだったみたいだね……」

「ああ、そうさ」

大太郎はほこらしげに言った。

体の具合がよくなるまで、私は大太郎のそばで休むことにした。はやいところ、蠟庵先生や耳彦に合流しなければいけなかった。しかし足首を捻挫《ねんざ》しており、それがなおらないことには旅を再開することもできない。

私の作った料理を口にすると、大太郎は目をまん丸にしておどろいた。

「こんなうまいもの、食ったことがねえ！」

彼が作ったという包丁は、すさまじい切れ味だった。猪の骨も、筍《たけのこ》も、さほど力を入れることなく、すとんと切れる。気をつけてあつかわなければ、自分の指が切れたとしても、あまりの切れ味のため、しばらくは気づかないかもしれない。

「そんな包丁を作るくらい、かんたんなことさ」

大太郎はたたら吹きの様子を見せてくれた。それは何日もかかる大仕事となった。土で炉をつくり木炭を入れて火をおこす。ふいごで炉内に風を送りながら、木炭と砂鉄を交互にくわえる。やがて砂鉄は赤い粘土みたいになった。高殿の中は汗がふきだすほどの暑さだ。大人が何人もかけてやる作業を、大太郎はすべて一人でおこなった。ふいごを押しこんで風を送れば、火が強くなる。おおぜいでようやく押し込めるようなふいごも、軽々と片腕で押して風を送った。

「熱すぎてもいけねえし、熱くないのもいけねえんだ。ちょうどいい塩梅《あんばい》にしねえとな」

大太郎は炉の中に手をつっこんで、溶けて山吹色になった砂鉄を指でひとすくいすると、口にほうりこんで味わうような顔をする。

「うん、まあまあだな。おっ母も味見してみるか？」

指ですくって差しだそうとする。すごいはやさで私は首を横にふった。溶けた砂鉄は地獄のような熱さだ。そんなものを味見すればひとたまりもない。

「あなたは熱さというものを感じないの？」

「俺、熱いのが大好きなんだ。熱いのをさわりたくってしかたねえし、熱いのを食べたくってしかたねえ。熱さをためこんでる袋が体の中にあるのかもしれねえな」

ひとつ目の巨人はそう言いながら、炉の中に手をつっこんで、溶けた砂鉄をかきまぜた。

何日も大太郎は炉にかかりきりで、私は料理を作っては巨人のところに持っていった。

「俺は食ってるひまがねえ。おっ母がかわりに食ってくれ」

鉄を作るのが食べることよりもたのしいらしく、目を爛々《らんらん》とかがやかせて炉内をのぞきこんでいる。炉の下のほうにあるちいさな穴から、溶けた不純物がながれていた。それさえも真っ赤にかがやいており、私が触れたら骨まで溶けてしまいそうな熱さだ。巨人はそれを指ですくってひとなめする。

「よしいいぞ、にがにがしたものが、ちゃんと出てる」

炎が下火になると、大太郎は炉をくずして、鉄の塊をとりだした。土を固めて作った炉は、一回使用するごとに壊すそうだ。とりだした鉄の塊を打ち砕き、少量の良質な部分と、多量のそうでない部分とにわける。大太郎は、まだ熱のこもっている鉄の塊を手づかみして、愛《いと》おしそうに舌でなめた。刀の刀身に使われるのは少量の良質な部分で、それを鋼と呼んだ。それ以外の多量の部分は、ずくと呼ばれて、農具や鍋の材料になるという。

大太郎は、たたら吹きの工程や、鉄から包丁や鍋を作る際の工夫などを、いちいち私に見せて説明する。さほど興味はなかったけれど、巨人がいかにもうれしそうだったので、うなずいて聞いてあげるようにつとめた。巨人にとって私は、はじめての話し相手のようだった。山奥に一人で住みつづけていた巨人にとって、大好きな鉄のことをだれかに話せるのがたのしいのだろう。

彼が鍛冶で製作したという農具の刃先をながめる。

「これの作り方を、どうやって学んだの？」

「はじめから、なんとなく、しってるんだ」

高殿のそばに川がながれており、魚が泳いでいた。大太郎が岩をなぐると、あたりが震動し、木々がゆれ、川の流れが一瞬だけとまったようになる。魚が何匹も気絶してぷかぷかとうかびあがり、そいつを私と大太郎でかきあつめた。私が包丁で魚をさばき、鍋にぶちこむのを、ひとつ目の巨人は中腰になってすぐそばでながめていた。

「こんなにうれしいことはねえ。俺の作った包丁や鍋が、こうして使われているところを見るなんて。おっ母、俺はおっ母のためなら、いくらでも包丁や鍋を作ってやるぞ」

そう言って彼は、三日三晩かけて砂鉄からとりだした鉄を、熱したり金槌《づち》でたたいたり石で研いだりして、大量の包丁や鍋を作ってくれた。完成させては私のところへほこらしげに持ってくる。

しかし、何事にもおわりはあるものだ。足の怪我がなおり、体力も元通りになると、私は言った。

「大太郎、人の住む村はどこにある？　まずはそこに行ってみようとおもうんだ。私、ここを出て、旅を再開しなくちゃいけない」

予想していたことだが、巨人は肩をおとした。

「おっ母、ずっとここにいればいいじゃないか」

「できない。だって私はあなたのおっ母じゃないんだもの。村の場所をおしえてくれないなら、自分でなんとかさがしてみるよ」

わかれるのが、つらくなかったといえば嘘になる。滞在している間に情がうつっていた。しかし私には町での生活がある。

「しかたないんだよ大太郎……。しかたないんだ……」

巨人は目に大粒の涙をためた。顔の中央にある眼球が洪水をおこし、真下に流れて鼻や口を濡《ぬ》らす。うつむいて、しばらくだまりこんだ。

「大太郎……」

「そうか、わかった……」

巨人は顔をあげた。しかし、私とのわかれを納得したのではない。

「おっ母、俺は決めたぞ。おっ母が山を出て行くんなら、俺も山を下りたい。もう、一人きりでいるのはいやなんだ」

三

茂みをかきわけながら川沿いに山をくだると、民家のあつまった集落が見えてくる。大太郎の言ったとおりだ。段々畑にちらほらと村人の姿があった。山を下りて、川の橋を渡った。風呂敷《ふろしき》の荷物をかかえなおし、私は村人の一人にちかづいた。畑を鍬《くわ》でたがやしている老人だ。老人の持っている鍬をながめる。鉄製の刃先が四本に割れたものだ。長いこと使われてきたのだろう。刃先は丸みを帯びてぼろぼろだった。

「あんた、どうかしたのか？　ここらじゃ見ない顔だが、道にでも迷ったのかい？」

老人が私に気づいて声をかける。

「せいがでますね。ところで鍬の刃先がへたっているようですが」

「しょうがねえさ。買い換える金なんかねえ」

私は風呂敷をおろして足もとにひろげる。なかには様々な鉄製の道具が入っていた。鍬の刃先を手にとって老人に差しだす。

「どうぞこれをつかってください」

「なんだい、おまえ、鍛冶屋かい？　いらねえよ、金がねえって言っただろ」

「お金はひつようありません」

老人は訝《いぶか》るような顔をする。

「うちに住んでる男が、鍛冶の大好きなやつなんです。つかわれるあてのない鉄製の道具がいっぱいあまっておりましてね。もしよければ、村のみなさんにつかっていただけないかと」

大太郎の作った鍬の刃先は見事だった。お日様の下で、光をうすくまとったようにかがやいている。老人は、くたびれてぼろぼろになった刃先を、新品に取り替えてさっそく畑をたがやしはじめた。まったくすさまじいなめらかさで地面に刺さる。これまではエイヤっとふりおろさなければ刺さらなかったものが、今度は地面にかるくのせるだけで、沼へ沈むようにもぐりこんでいく。老人はおどろいた。

「こりゃすげえ……！」

ちかくの畑から人があつまってきて、私は彼らにもおなじ説明をした。あっという間に農具の刃先が彼らの手にわたる。鋤《すき》の先端を大太郎が作ったものに取り替えたら、羊羹《ようかん》をけずるように穴が掘れるようになったという。鎌《かま》の刃を取り替えたら、やすやすと稲が刈り取れるようになっただけでなく、気づくと木の幹や石ころまでもまっぷたつになっていたという。私が高殿からもってきた鉄製の道具はすぐに数がなくなった。村人全員には行き渡らず「俺の分はねえのか？」と言われる。

「今度、ほかの方の分も持ってきましょう。うちに住んでる男は、心のやさしい鍛冶屋ですから、きっと全員の分を作ってくれるでしょう」

村人の一人がたずねた。

「そいつはおまえさんの旦那《だんな》かい？」

「いいえ。子どもみたいなもんです」

「へえ、まだ若けえのに！」

おおぜいに見送られながら村を出た。川の橋をわたり、隣の村へ行くと見せかけて、だれもいないのを確認して道をはずれる。山に入って川沿いに茂みをかきわけながら上ると、やがて山奥に高殿が見えてくる。

かん、かん、かん、と金槌で鉄を打ちつける音があたりにひびいていた。なかをのぞくと、巨人が体をまるめて一心不乱に鉄製の農具を作っている。鉄を炎であぶり、赤くなったら、指先でちょっと形を整えて金槌でたたく。かん、かん、かん、とたたくたびに火花がちってきれいだった。

私は、大太郎の願いを無視して旅を再開することができなかった。「俺も山を下りたい。もう、一人きりでいるのはいやなんだ」。そう言ってきかない大太郎をなだめすかし、なんとか折り合いをつけた結果がこれだ。巨人が山を下りて麓《ふもと》の村の人たちと仲良くなる手助けをするのだ。

「村の人と仲良くなりたいか？」。ためしにそう質問してみると巨人は即答した。「仲良くなりてえ！」「そうなったら、おっ母がいなくてもだいじょうぶだね？」「それは……」。大太郎は言いよどんだが、私が腕組みをしてにらむと、しぶしぶうなずいてくれた。

大太郎が私との別れを悲しんでいるのは、私がいなくなると、また一人ぼっちになってしまうからだ。しかし、村人と仲良くなり、ひつようとされるようになれば、私がいなくなったとしても孤独を感じることはないだろう。

火花をちらしながらたたいていた鉄を、大太郎が桶《おけ》の水に突っ込んだ。じゅううう、と音をたてながら猛烈な湯気が立ち上る。

「うまくいったよ。みんな、あなたの作った道具をよろこんでた」

巨人が手を休めるのを見計らって話しかける。顔のまんなかにある目を、くしゃっとゆがませて、泣きそうな声を出した。

「俺はこんなにうれしいこと今までなかったぞ。だって、俺の作った鉄で、だれかがよろこんでくれるなんて。さあ、おっ母、次こそは俺も村に行っていいよな？」

「まだ、だめだ。あと何回か、私だけで行ったほうがいい」

ひとつ目の巨人を見たら、村人たちはおどろいて逃げ惑うにちがいない。そうならないよう、ひとつずつ手順をふんだほうがいいだろう。まずは、鍛冶職人として、村になくてはならない存在になるのだ。そうすれば村人たちも、この巨人にわるい感情は持たないだろう。

私は毎日、風呂敷に鉄の道具をつめこんで村にむかった。あまりの重さに耐えきれず、村が見えるところまで大太郎にはこんでもらうことにする。村の女たちに包丁や鍋をくばると例外なく感謝された。

「まな板まで切れちまった！　こんな包丁、見たことねえ！」

包丁をまじまじとながめて女はため息をついた。

「あんたの息子は、鍛冶ばかりじゃあなく、刃物を研がせても一流だな」

村長《むらおさ》の家には刀身を持っていった。素人の私が見ても、あきらかに素晴らしいと言えるできばえだ。村長はすっかり機嫌がよくなった。

農具をつかった男たちからも礼を言われる。

「次の収穫はすごいことになるぞ」

「この村は豊かになる」

「あんたの子どものおかげだよ」

村人のなかには、大太郎の技術に興味を抱く人もあらわれた。

「いったい、どこから鉄を仕入れてるんだ？　こんな上質の鉄をどこで？　鍋や包丁をただで配るってことは、ただ同然で仕入れる先があるってことだろう？」

私は話をはぐらかして逃げまわった。

また、村の年老いたお婆さんから興味深い話も聞いた。

「昔、山の中に、たたらの一族が住んでいたんだ。今はどうかしらないけどね。ときどき山から、たたらの人がおりてきて、あんたみたいに鉄の道具を置いていったんだ。村の人はかわりに野菜をあげたって話さ」

私は村人たちに大太郎の話をした。

「うちの大太郎は、背丈が山みたいにおおきいんだ。やさしい心の男なんだよ。でも、鍛冶の最中に顔を火傷《やけど》してしまってね。人前にはあまり出たがらないし、出てきたとしても覆面をはずさないだろうね」

「今度、大太郎を村につれてくるといい。直接、礼を言いたいからな」

私は渋るふりをして、絶対に息子をいじめないことや、覆面を脱がそうとしないことなどを約束させた。

「わかりました。それでは、明日、村に連れてくることにしましょう」

いきなり大太郎の顔を見せてはおどろかれてしまう。まずは覆面姿で村人たちに接し、その怪力で村人たちの畑仕事を手伝わせることにしようとかんがえていた。家造りのために木材をはこんだり、畑をひろげるために岩をどかしたり、大太郎の怪力はおおぜいの役にたつのではないか。

高殿にもどり、大太郎に話をつたえた。

「明日、いっしょに村へ行こう。おっ母が縫った覆面をかぶっていれば、きっとみんなは、あんたを受け入れてくれるはずさ。はじめてのともだちも、きっとできるさ」

大太郎は声をつまらせながら言った。

「俺はずっと、このまま一人ぼっちで生きるのだとおもっていた。だのに今の俺には、そんな風に言ってくれる人がいる。俺に会いたいと言ってくれる人がいる。俺はずっと、だれかにひつようだって、おもわれたかったんだ。そいつがすっかり、かなっちまって……」

大太郎の巨大な手のひらを私はなでた。私はそのとき大太郎のことを、すっかりほんとうの息子のように感じていた。

そのしずかなひとときも、やがておわりになる。

巨人が夕飯の魚を捕りに川へむかい、私は食事の支度をしていたときのことだった。突然、川の方向から悲鳴があがる。そちらにかけだそうとすると、茂みのなかから三人の男が飛びだした。よろけながら私にむかってくる。

「化け物だ！」

「助けてくれえ！」

「食われちまう！」

男たちは混乱した様子で足をもつれさせながら私の背後にかくれようとする。しかし、茂みの上から大太郎の顔がにゅっと突き出たのを見て、さけびごえをあげながら高殿の中へと逃げこんでしまった。大太郎が困惑した様子で言った。

「おっ母、俺、見られちまったみてえだ……」

男たちの一人に見覚えがあった。どこから鉄を仕入れているのかと、しきりにたずねてきた男だ。私は後をつけられていたのだろう。ほかの二人は男の仲間だろうか。困ったことになったとおもいながら私は高殿にむかった。巨人もいっしょについてくる。

「俺は何にもしねえよー？　出ておいでよー？」

巨人が体を低くして、高殿の入り口に顔だけをつっこんだ。

私も高殿をのぞきこみ、男たちの様子を見て、ぞっとした。

しかしもう、それに気づいたとき、何もかもおそかったのだ。

「あぶない！」

私は声をあげた。男たちは高殿の奥にあった木箱を開けて中から包丁や刀の刀身を取りだしていた。男の一人が、入り口から首をつっこんでいた大太郎の顔の中心にむかって刀身を突き出した。たったひとつの眼球にそれが刺さった。ちょうど瞳のまん中に刃物が音もなくもぐりこんだ。

爆発するように大太郎がさけんだ。腕をなぎはらう。その一撃が命中し、男の体が、ぱんと弾《はじ》けた。手足と臓物が散らばる。高殿の柱がへし折られて屋根が落ちてきた。轟音《ごうおん》が響き、土煙があがった。大太郎は痛みにのたうちまわり、高殿はひしゃげて男たちの一人がつぶされた。私は落ちてくる破片を避けながら巨人の名前を呼びつづけた。最後にのこった男が、地団駄を踏むような大太郎の足もとをくぐり抜けて、悲鳴をあげながら村の方に逃げていった。

## 四

日が暮れて、あたりがまっ暗になると、私はたたら場の前で火をおこした。炎に照らされる周囲の惨状はまったくひどいものだった。高殿も、私が寝起きしていた家屋も、すっかり壊れて残骸《ざんがい》になっていた。私は井戸から水を汲みあげ、地面に横たわった大太郎の体にぶちまけた。

「熱いよ……。熱い……。おっ母、熱いよ……。こんなのは、はじめてだ……」

鋼のような体は熱をおびている。眼球の怪我が原因だろう。私たちも怪我をしたとき、熱を出すことがある。

「痛いよ、何も見えねえ……。おっ母……。おっ母……」

「ここにいるよ。大丈夫、すぐに熱はひくさ」

大太郎の頭をなでる。髪の毛の中に腕をつっこんでふれた巨人の頭部は火傷するほどに熱い。すでに眼球からは刀身を抜いていた。抜いた瞬間、どろりとした液体が地面にこぼれおちた。巨人の顔面の大半を占めていた眼球は、原形をうしない、赤色に染まり、ひしゃげて眼窩の内側にはりついている。巨人は顔をおさえてうめきつづけ、高熱の苦しさにのたうちまわった。熱をさまそうと、井戸水を何回も体にかけてやる。しかし焼け石に水だ。

「おっ母、熱いよ、たすけてくれ……」

何度めかにその言葉を聞いて、私は決心した。

「村へ行ってくる。薬をもらってこよう」

高殿で二人の男が死んでいる。そのことを村人につたえなくてはならない。ゆるしてもらえるかどうかわからないが、彼らの死は故意ではなかったのだと説明しなくてはならない。はやく誤解をとかなくては、村の者たちが報復のためにここへ来るかもしれない。

「もどってきてくれるか？」

「もちろん。すぐにもどってくる。傷の薬と、熱冷ましと、両方を持って帰ってくるからね」

大太郎の指をさすって、私は明かりを持ってその場を離れた。

川沿いに茂みをかきわけて村にむかう。道すがら胸の内で自分を罵倒《ばとう》した。こんなこと、するべきではなかったのだ。大太郎が村の人に会いたいと言ったとき、つよい口調で引き止めるべきだった。巨人と村人を交流させるなんて無理だったのだ。しかし、私が山を下りるなら、自分も山を下りると巨人は主張した。私が言い聞かせても、巨人は自分の意志で村人と会っていただろう。それなら、最初からまちがっていたのだ。私と大太郎が、おたがいに情を抱いてしまったのがいけなかった。おっ母と言われても、否定しつづけて無視していなければいけなかった。名前なんてつけてはいけなかった。おたがいに情愛を持たなければ、私を追いかけて山を下りるなどと言わなかっただろうし、たとえ孤独だったとしても大太郎は自分の眼球をうしなうこともなかったはずだ。私は選択をまちがった。そして巨人を不幸にしてしまった。涙を拭《ぬぐ》いながら山の中を移動し、やがて遠くの暗闇の中に、かがり火の赤い点が見えてきた。

　川の橋をわたり、畑の間を抜けて村に入る。広場に火がたかれており、おおぜいの村人の姿があった。火のそばで腕組みをしている村長に駆けよると、私に気づいた何人かが逃げるようにしりぞいて道をあけた。息を切らしながら、私は村長の足もとに膝をつく。

「どうか、お助けください。薬を……。薬をわけてほしいのです。あの子が、大怪我をして、苦しんでいるのです。それに、ちっとも熱がさがらないのです。どうか、お願いします」

　かがり火の周囲に村人たちがあつまり私を取り囲んだ。炎に照らされる顔はどれもかたくこわばっている。村長はおびえた顔の男を呼び寄せた。さきほど高殿から逃げた男だ。

「化け物に、二人、殺されたと聞いたが？」

　村長がたずねた。

「化け物ではありません。ただ、すこしだけ、私たちとちがうだけなんです。二人が死んだというのは、ほんとうです。でも、決して故意ではありません。あの子には、何も見えてはいなかったのです。痛みであばれたせいで、その巻き添えになったのです」

泣きながら崩れ落ちる女がいた。死んだ男の妻だろうか。

「薬を……。どなたか……。はやく、もどらないと……」

取り囲んでいる村人たちにむかって、一人ずつ膝をつきながら私はお願いした。全員、冷ややかな目をするだけで、だれも口を利いてはくれなかった。急に後ろからはがいじめにされた。身動きができなくなり、何人かの男たちに引きずられてその場から追い出された。

村長の家の庭に立派な蔵があった。私はそこに連れて行かれると、両手をしばられ、柱に結びつけられた。蔵の中には雑多な荷が積み上げられている。大半は農具の類《たぐ》いだ。蠟燭《ろうそく》の明かりが、居並ぶ男たちの顔を闇にうかびあがらせた。

「どうしてこんなことをするんです⁉」

手をしばっている縄に力をこめてなんとかほどけないかとやってみる。しかし無駄だった。

「村の者たちと話しあったんだ。あんたを化け物のところへもどすわけにはいかない。化け物はきっと私たちに復讐《ふくしゅう》しにくるだろう。目を刺された復讐をな……」

村長が言った。私は信じがたい気持ちだった。それでは、おたがいに報復されることをおそれているということじゃないか。村の男が私の前に出てきて言葉を継ぐ。

「死んだのは俺の従弟《いとこ》だ。化け物はまだ生きてるって話じゃねえか。そいつにとどめを刺さねえと従弟がうかばれねえ。夜が明けたら、全員で化け物を殺しに行くんだ。それとも、おまえがいつまでも帰らなければ、化け物のほうから来てくれるかもしれねえな」

離れたところから会話が聞こえてきた。高殿から逃げた男が、別の男たちに話をしている。

「山奥の高殿に鉄の塊があった。俺は見たんだ。あれを手に入れれば、村はもっと潤うぞ」

「ははっ！　そいつはすげえ！」

蔵から出してもらえないまま長い時間がすぎた。外はずっと騒々しく、人々の走りまわる音が聞こえてくる。耳にした会話によれば、山に火を放って化け物を焼き殺すという案も出されているという。私はもうあばれることはしなかったが、手首の縄をずっと爪でかきむしっていた。爪がはがれてしまい、血が滴っても、それをやめなかった。そうしていれば、いつか縄が切れるはずだと信じていた。

大太郎のことが心配だった。熱はひいただろうか。すぐにもどると言って出てきたのに、嘘になってしまった。心配しているにちがいない。自分を置いて私が逃げてしまったのだと、誤解されていたらどうしよう。

私を見張っていた男は、しばらく前から居眠りをしていた。蠟燭が短くなり、ついに炎がちいさくなって消えてしまった。しかしまっ暗にはならない。高い位置にある窓から外のうす明かりが差しこんでいる。夜が明けたのだ。

そのときだった。ふいに遠くから、木の幹がばりばりと引き倒されるような音が聞こえてきたのである。地面がゆれた。蔵の荷がたおれて私のそばにちらばる。見張りの男がおどろいて目を覚ました。

「何事だ⁉」

男は立ち上がり周囲を見まわす。外から悲鳴が相次いだ。建物がくずれ、屋根がかたむき、瓦《かわら》の流れ落ちるような音がする。地面に断続的な震動がはしった。なにかおおきなものがうごきまわっているような足音がする。見張りの男は様子を確認するために蔵を出ていった。扉は外から閂《かんぬき》をかけられたようだ。

夜通し爪で削った縄をおもいきり引っ張った。駄目だ。切れない。落胆したとき、さきほどちらばった荷の中に、草刈り鎌があることに気づいた。足をのばしてそれを引き寄せ、鎌の刃で縄を切る。手が自由になり、扉に駆けよるが、しかし開かなかった。

「出して！」

私の叫びは、村のあちらこちらから聞こえてきた怒声や咆哮《ほうこう》によってかき消される。まるで合戦でもおこなわれているかのような騒々しさだ。耳をつんざくような叫びが聞こえてくる。いったい、何がおきているのだろう？　そのとき、聞きおぼえのある声が聞こえてくる。

「おっ母ァァ……」

大太郎の声だ。恐怖の気配が濃厚にまじっている。私の帰りがおそいものだから、山を下りてきてしまったのではないか。

壁の高い位置に窓が開いている。私は積み上げられた荷をのぼり、その窓にむかって飛びついた。なんとか腕を引っかけることができた。窓には木の格子がはまっており、そこから出ることはできない。しかし外の様子を見ることはできた。

朝靄《あさもや》の中、村のあちらこちらから火の手があがっている。風がふいて黒い煙がはらわれると、そのむこうから巨人の姿があらわれた。

「大太郎！」

私が叫ぶと、巨人は、目のつぶれた顔をさまよわせる。

「おっ母……？」

巨人の足や背中に、無数の何かが刺さっていた。それはどうやら、鍬や鋤や鎌といった農具の類いだった。包丁や刀の刀身も皮膚に食いこんでいる。村人たちが声をはりあげながら大太郎の周囲にむらがっていた。それぞれの手に武器が握られており、大太郎の足を傷つけては逃げていく。巨人は彼らをはらいのけようとするのだが、何も見えていないせいで、手は空を切るばかりだ。

村人たちの持っている武器が錆《さ》びついた農具だったなら、鋼のような皮膚にはじかれていただろう。しかし巨人の皮膚にはこまかな穴がびっしりとひらき、そこから血が絞り出されている。

「次の収穫はすごいことになるぞ」

「この村は豊かになる」

「あんたの子どものおかげだよ」

大太郎の作った農具に、村人たちはあれほど感謝していたのに。村人たちは、もらった道具で大太郎を殺そうとしているのだ。そのことに私は絶望した。

体中のあらゆる隙間に農具が刺さっている。幾度も足首を切られ、巨人が家を半壊させながら地面に倒れる。好機とばかりに村人たちが背中にのしかかり、農具の刃先を突き刺した。皮膚を削り、肉をえぐる。

大太郎はうめきながら私のいるほうに這《は》いずってきた。生け垣を押しのけ、木を倒し、地面に血の川を作りながら前進する。私の声のする方にむかってくる。

「逃げて！　大太郎！」

しかし大太郎は、私の閉じこめられている蔵に、手の届くところまでちかづいた。巨大な手が持ち上がり、何も見えない状態で前方をなぎはらうようなそぶりを見せた。

私は窓からはなれて、地面にころがり、反対側の端に寄った。直後、蔵の壁が爆発するように大量の煙をまき散らす。破片のむこうに、眼球をうしなって顔面の中央に穴をあけた巨人の姿があらわれた。

「大太郎！」

「おっ母……」

巨人は腹ばいの状態のまま私にむかって手をのばす。私はその手に抱きついた。巨人の指は傷だらけだった。

「ああ、よかった……。俺は、最後に、おっ母に会いたかったんだ……」

「ごめんなさい、大太郎……、ごめんなさい……、私たちをゆるして……」

聞こえていただろうか。大太郎は、ぐったりと地面に顔をくっつける。口や目の穴から大量の血が流れてひろがった。私は全身で巨人の手をつよく抱きしめた。できるだけつよく。巨人はついにうごかなくなった。死んだのだ。そのことを確認すると、村人たちが一斉に歓声をあげた。

## 五

朝靄が消えて、村の甚大な被害がお日様の下にさらされた。建物はこわれ、死人や負傷者も出た。

「あんたに恨みはない。好きなところへ行ってくれ。ただし、山の中にあるという鉄の塊は置いていくのだ」

村長が言った。

街道にそってあるくと宿場町についた。爪がはがれている様や、髪がみだれているのを見て、旅籠《はたご》の奥さんが「かわいそうに」とやさしく抱きしめてくれた。どうやら、旅の最中におそわれたとかんちがいされたようだ。言葉がうまく出てこなかったので、誤解を正すことができなかった。腕の温かさに、嗚咽《おえつ》がこみあげてきた。

町に帰ると、すでに蠟庵先生と耳彦は温泉地からもどっていた。山の中ではぐれた後、どんなに捜しても私が見つからないので、二人だけで旅をつづけたそうだ。書物問屋のおじさんは私に休みをくれた。

「事情は聞いてるよ。山の中で置いてかれたってね。蠟庵先生の迷い癖には困ったもんだ。災難だったねえ」

私は布団に突っ伏し、何日も寝転がってすごした。

大太郎の亡骸《なきがら》は、どこかに埋められたのだろうか。だれかに供養してもらったのだろうか。気にはなったが、書物問屋での仕事に復帰していそがしくなると、すべてが夢だったんじゃないかとおもえてくる。毎日、おもいだしていたのが、そのうち三日に一回くらいになった。

ひとつ、気になっていたことがある。

大太郎が死んだ直後のことだ。巨人の手にしがみついていた私は、何人かに引きはがされ、村のはずれまで連れて行かれることになった。大太郎のそばから離れまいとする私を、何人もの男が引きずって無理矢理にうごかした。私は別れの言葉を言いたかったが、言葉にならないわめき声になった。最後に見えなくなるとき、その音を聞いた。

じゅううぅぅぅぅ……。

大太郎の体の下にひろがっている血が、煮えたぎっているかのように泡立っていた。まるで熱した鉄板に落とされた水滴のようだった。しかし詳細を確かめることはできず、私は蹴飛《けと》ばされるように村を追い出され、それきりになってしまったのである。

あの村と大太郎の亡骸がどうなったのか、長いこと謎のままだった。しかし、あるとき、ついにしらべる機会がおとずれた。それは何度目かに蠟庵先生との旅に同行したときのことだ。旅の途中、あの村の近辺を通りかかったのである。私は蠟庵先生に事情を話し、耳彦の悪態を聞き流しながら、別行動して村へ行ってみることにした。村人たちに会うのはおそろしかった。しかし、大太郎がどこかに埋められたのであれば、そこに花をたむけて、手を合わせたかったのだ。

「おっ母……」

巨人の声をおもいだすと、気が急《せ》いて足どりがはやくなった。

しかし、結局は村までたどりつくことができなかった。そこへつづく道がすべてふさがれていたのである。様子がおかしいとおもい、隣村の男に事情を聞いてみた。

「あの村なら、もうだれも住んでねえよ。何人も焼け死んだし、だれも住めなくなっちまった。まちがってだれかが迷いこまねえように、道をふさいじまったのさ。だいだらぼっちを殺したせいだって噂だよ」

「だいだらぼっち？」

「おや、そう聞こえたのかい。俺、滑舌がわるいからよ。大太郎法師って言ったのさ。一寸法師って話があるだろう？　それの逆さ。みんなそう呼んでる。ずいぶんと体のでかいやつだったらしいからな。そいつを殺したら、その亡骸がどんどん熱くなって、村の地面を溶かし始めたんだとよ」

その熱は逃げ遅れた村人を灰にして、あらゆるものを飲み込んだという。大太郎が炉の熱さを手でしらべたり、溶けた砂鉄を口にいれたりする様をおもいだした。熱をためておく袋が体の中にあったのかもしれない。巨人の死によって、それまで蓄えられていた熱が解き放たれたのだろうか。ほんとうのところはまるでわからない。

亡骸は今もまだ熱を発して燃えつづけているようだと男はおしえてくれた。日が暮れてまっ暗なとき、山にのぼって村のあった場所を見下ろせば、闇の中にはたしてその光はぽつんと見えるという。溶けた地面の中心に、雨の日も、雪の日も、ずっと消えない炎があるという。それは熱した鉄のように、うつくしい山吹色にかがやいているとのことだった。

# ハユタラスの翡翠

# 一

松林をすぎると海の音が聞こえてきた。水平線が広がって、ごうごうと波が打ち寄せている。数日間、山の中をさまよったせいで、私たちの足もとはふらついていた。旅の同行者である輪《りん》という娘などは今にも倒れてしまいそうだ。平気そうなのは旅本作家の和泉蠟庵《いずみろうあん》だけである。この男は旅が好きなくせに極度の方向音痴だった。私たちが迷子になったのも、この男のせいである。

漁村へとたどりつく。干してある網や、舟や、家々が見えて安堵《あんど》した。今晩こそは真っ暗な山で熊や狼におびえながらねむらなくてもよさそうだ。漁村は街道沿いにあった。比較的、さかえている。白い砂浜にふんどし姿の男たちが三十人ほど並び網を引いていた。

この漁村でおこなわれている地引き網は、一艘《そう》の舟による片手廻《まわ》しと呼ばれるものだった。一艘の舟で沖にむかいながら投網《とあみ》をうち、半円状に長い網をかけながら再び浜辺へもどってくる。それから三十人ほどの男たちをあつめて一気呵成《かせい》に網を引っ張る。半円状の範囲にいた魚たちは、一族郎党、根こそぎ網にかかって、刺身になったり焼き魚になったり干物になったりするというわけだ。

「これはなんでしょうか？」

輪が立ち止まり、砂浜に横たわる棒状の何かを見下ろす。乳白色で、棒の端が丸くふくらんだような形だ。

「おい、そいつは、やばいやつじゃないのか。なんてもの見つけちまったんだよ」

それは人骨だった。脛《すね》の骨に似ている。どうしてそんなものが砂浜にころがっているのだろう。到着早々にこの娘はやってくれたな。

「不吉だ。人骨がころがっているなんて、この砂浜は不吉だ」

しかし輪は興味深い顔つきで屈《かが》みこんで骨をしらべる。

「人の骨にしては、あまりにもおおきすぎます」

たしかにそれはずいぶんと長い。輪の背丈の半分くらいもあった。それが脛の骨だとしたら、そいつは家の屋根よりも高いところに頭があったはずだ。

「そんならこいつは、鯨の骨か何かにちがいねえ」

「いえ、これは確かに人の脛骨《けいこつ》です。鯨の骨にこんな形のはありません」

「おまえが言うんだからそうにちがいない。頭だけはいいもんな、性格と顔はちょっとあれだが」

せっかくほめてあげているというのに、輪は不機嫌そうに私へ砂をかけて和泉蠟庵のもとへ駆け寄る。腕組みをして地引き網漁をながめていた和泉蠟庵を引っ張ってもどってくると、砂に横たわる骨を指さし、この骨はいったい何なのかと質問する。和泉蠟庵はこういうよくわからないものについて詳しいのである。長髪の旅本作家は骨を子細にながめ、顎《あご》に手をあててかんがえこむ。

「ハユタラスから流れついた骨かもしれない」

「ハユタラス？」

「ある地方の海岸には、しばしば巨大な人骨が流れついてくるというのを、聞いたことがある。ここがまさに、その海岸なのかもしれないぞ。ハユタラスというのは、海のむこうにあると言われている国の名前だ」

巴太温《ハユタラス》。その国の住人たちは全員が長身なのだろうか。和泉蠟庵の説明によれば、神話に登場する長髄彦《ナガスネヒコ》もまたその国からやってきた人物だと言われているらしい。漁師の舟が一艘だけ沖でゆれている。広大な海の上でその舟はちいさなちいさな点のようである。水平線のむこうにあるという国を私は想像した。

街道沿いに旅籠《はたご》を見つけてそこへ泊まることにした。宿帳に名前を書いて部屋にむかう。障子を開けると海をながめることができた。和泉蠟庵が宿のご主人と世間話をする。砂浜の巨大な脛骨のことを話題にすると、ハユタラスという名称をご主人も口にする。それから真面目な顔つきになってご主人は言った。

「砂浜で翡翠《ひすい》を見つけたら、持ち帰ってはいけませんよ。そっとしておくのです」

「どうしてです？」

　私は聞いた。翡翠といえば、宝石として高値で売買されている代物ではないか。実物を見たことはないけれど。

「翡翠はハユタラスの人々の持ち物だからですよ。翡翠でつくられた杯《さかずき》や櫛《くし》が砂浜に落ちていても拾ってはいけません。波にさらわれて、勝手に海へもどっていきますから」

　畳の上で両足を投げ出すのはひさしぶりだった。旅籠の部屋割りはいつも通りである。男である私と和泉蠟庵がおなじ部屋に布団をならべ、女である輪は別に部屋をとった。輪のやつめ、一人で広々と部屋をつかいやがってとおもうが、宿賃はすべて彼女が支払うので文句は言えない。この旅は和泉蠟庵が旅本を書くにあたり、調べ物をするためにおこなわれている。輪は旅本を出版する版元の人間だ。経費として宿賃を支払ってくれるが、時には和泉蠟庵の尻《しり》をたたいて旅先で本を書かせたりもしている鬼だ。ちなみに私は借金の肩代わりをしてもらうかわりに雇われた荷物持ちである。

　日が暮れて私たちは夕飯を口にする。旅籠のご主人の紹介してくれた店が街道沿いにあり、そこで満腹になるまで刺身を食べた。身の引き締まった魚に私たちは満足する。酒も入り気分も良くなった。旅籠にもどって後は寝るだけとなったが、私はまだ酒を飲み足りない。

和泉蠟庵と輪がそれぞれの部屋で寝る支度をしている間、散歩してくると言いのこして酒屋にむかう。輪からお駄賃としてもらっていた金でこの地方のおいしい酒を買った。これがまたうまい。ほろよい加減で砂浜をあるいた。酒屋の店主が提灯《ちょうちん》をかしてくれたので足もとは見えている。夜の砂浜に、しずかに波が打ち寄せていた。

砂に足をとられてころんでしまう。その拍子に提灯の明かりも消えてしまったが、月が出ているので真っ暗ではない。うつぶせでうめいていると、目の前でなにかが月明かりを反射させて緑色にかがやいている。そいつを手にとってながめてみた。緑色の石が加工されてちいさな輪っかになっている。こいつは指輪というものだ。異国の人が指にはめる装身具である。よけいな装飾もなく、つるりとした表面には光沢がうかんでいた。ためしに右手の人差し指にはめてみる。いいものを拾ったと、私はうれしくなってわらいながら旅籠にもどり、布団にもぐりこんでねむりについた。

二

「耳彦《みみひこ》、起きなさい。ひどい寝相だぞ」

和泉蠟庵の声がして私は目を覚ます。波の音と海鳥の鳴き声が聞こえた。お日様のまぶしさに目をほそめながら、自分のいる場所を確認する。私は布団のなかにいなかった。部屋のすみっこであおむけになり、両足を海側の窓のむこうにつきだしている。足のつまさきに海風があたってくすぐったい。起き上がり、二日酔いの頭をさすった。和泉蠟庵は、布団から窓辺までの距離をはかっている。

「ちゃんと布団でねむったのか？」

「そのはずですけどね」

「寝相がわるいと言ったって限度がある。布団からここまでころがってくるなんて、相当なものだぞ。廁《かわや》へ行こうとして、寝ぼけて窓に突進したのかもしれないな」

「そうかもしれませんね、落ちなくてよかった」

窓のむこうは斜面になっており、その先には海がひろがっている。寝ぼけて窓から飛び出していたら、転がり落ちて、無事ではすまされなかっただろう。顔をあらって輪と合流し、旅籠で出される朝食を口にする。白飯に味噌《みそ》汁に漬け物だ。あぐらを組んで食べていると、着物の裾《すそ》からはみでた自分の足に、見慣れない赤色の線がついていることに気づいた。両足のふくらはぎにぐるりと、いくつも赤い線がある。帯でつよくしめつけたような跡だった。はたしてこれは何だろう。

「あれ？　耳彦さん、それどうしたんですか？」

輪が食事の手をとめて言った。箸《はし》を持つ私の右手へと視線をそそいでいる。人差し指に石の輪っかがはまっていた。乳白色をまぜたような緑色の石は光沢をまとっている。私は昨晩のことをすっかりおもいだす。

「こいつは拾ったのさ。砂浜にころがっていたんだ。だれにもあげねえぞ」

箸をおいて、右手を着物でかくす。

「今のは指輪ですね。緑色でしたけど」

「だったら、どうだって言うんだ？」

和泉蠟庵が味噌汁をすすりながら言った。

「旅籠のご主人が言っていたのをわすれたのか？」

「何か言ってましたっけ？」

「翡翠はハユタラスの住人の物だから、見つけても放っておくようにと」

「翡翠？」

指輪をながめる。やけにきれいな緑色の石だとおもったが、こいつが翡翠という石だったのか。私の表情から二人とも事情を察したようだ。ため息をつきながら言った。

「しらなかったようだね、それが翡翠だってことを」

「耳彦さんは学がないことを恥じてください」

「わ、私はただ、きれいなものをひろったとおもって、持ち帰っただけなんだ」

指輪をはずそうとしながら弁解する。しかし指輪は人差し指の根元からうごかない。

旅籠のご主人が部屋にやってきたので、私はあわてて指輪を着物でかくす。禁忌をやぶったことをさとられたくなかった。

「でも、どうして翡翠なんでしょうね。ハユタラスと呼ばれている場所では、翡翠がよくとれるのでしょうか」

「砂浜にうちあげられた翡翠は神様のものだという信仰がこの地にはあるのかもしれない。翡翠は海からもたらされる神宝と言われている。山幸彦《ヤマサチヒコ》も海神《ワタツミ》から翡翠をもらっていたはずだ」

「山幸彦？　そいつは蠟庵先生のお友だちですか？」

旅籠のご主人がいなくなり、指輪をはずそうと努力しながら私は聞いた。

「そんなこともしらないんですか？」

輪によれば、山幸彦というのは神話の登場人物の一人らしい。兄である海幸彦《ウミサチヒコ》の釣り針をなくした彼は、海岸で途方にくれていると、老人から籠《かご》をわたされる。その籠に乗って海に出ると、やがて海神の宮にたどりつき、海神の娘である豊玉姫《トヨタマヒメ》と結ばれるという。その顚末《てんまつ》には聞きおぼえがあった。

「浦島太郎に似てねえか？」

「おなじような伝承が各地にあって、竜宮伝説と言われているんです。さすがの耳彦さんも、浦島太郎くらいはしってたみたいですね」

「馬鹿にすんな。竜宮城で飲めや歌えの乱痴気騒ぎをする話だろ？　酒も飲み放題、うまい物も食い放題、乙姫様という美女をはべらせて、こんなに愉快な話は他にねえよな」

「そこですか。そこしかおぼえてないんですか。ほかに、もっと、あるでしょう。こう、最後に玉手箱をあけて、老人になったりするとか」

「あの終わり方はよくねえよ。どうしてあんな終わり方にしちまったんだろう。馬鹿じゃねえのかっておもう。酒池肉林の愉快な気分のまま終わらせてくれればいいのによ。後味わるいよな」

浦島太郎は竜宮城から帰る際、お土産として玉手箱をもらう。そいつを開けたところ、煙が出てきて、あっという間に老人になってしまう。なぜこんなにも理不尽な話が堂々とまかりとおっているのか理解にくるしむところだ。それはともかく、翡翠の輪っかが指からはずれてくれる気配はない。しかたなく私たちは、指輪をそのままに旅籠を出発することにした。

和泉蠟庵の目指す温泉地までの道を旅籠のご主人に聞いた。もう迷わずにたどりつきたいところだ。私は着物で手元をかくしながら、旅籠のご主人に頭を下げる。朝っぱらから漁はおこなわれていた。沖合に何艘もの舟がただよっている。砂浜で女たちが地引き網の準備をしていた。魚をついばんでいた海鳥を、子どもたちが棒で追いかけてあそんでいる。出発から間もなく、砂浜に沿ってあるいていたところ、和泉蠟庵と輪が声をかけてきた。

「耳彦、どうかしたのか？」

「こっちですよ、耳彦さん」

気づくと私だけはなれたところをあるいていた。まっすぐにすすんでいたつもりが、いつのまにか海の方にむかっている。砂浜にのこっている足跡をみれば、途中から私だけが二人からはずれて海にちかづいているのがわかる。昨晩の酒がのこっているのだろうか。二人のところにもどって、今度はしっかりと前を見て足をうごかす。

「おーい、もどってこい！」

「そっちは海ですよー、耳彦さーん！」

しばらくすると遠くから二人の声がする。和泉蠟庵と輪は砂浜にいなかった。街道の通っている丘にあがって私を呼んでいる。私は一人きりで波の打ち寄せるあたりをあるいていた。私は二人のもとにむかおうとしたが、途中で足が重くなって砂浜にすわりこんでしまう。

「風邪をひいちまったようです。体がふらつくんです」

心配そうにやってきた和泉蠟庵に私は説明した。砂浜に尻をつけてあぐらを組む。私たちはそこで休憩することにした。ならんですわり、ぼんやりと海をながめてすごす。波は昨日よりも高く、波頭が風にちらされて白いしぶきをあげていた。ごうごうと海は音を轟《とどろ》かせ、海鳥たちが行き交っている。

「耳彦さん？」

輪の声が後ろのほうから聞こえた。ふり返ると、二人がすこしはなれた後方にすわっている。ついさっきまで私たちはならんですわっていたはずだ。だれも立ち上がりはしなかったのに、私だけずいぶんと海にちかいところにいる。足のすぐそばまで波が来ていた。ふと気づく。信じがたいことだが、私はどうやら海に引っ張られているらしい。砂浜に私のすわった尻の跡が、くぼみとなってのこっている。さきほどいた場所から、今の場所まで、ずるずるとひきずられたような形跡が砂の上で線になっていた。

立ち上がって二人のところにもどろうとするのだが、もうまっすぐにはあるけなかった。まるで坂道に立っているかのように、海の方にむかって体がかたむいてしまう。

「蠟庵先生！　たすけてください！」

私が手をのばすと、和泉蠟庵と輪がやってきて、私の背中を押してあるくのを手伝ってくれた。海とは反対方向にむかって移動して砂浜を出る。和泉蠟庵が言った。

「どうも様子がおかしい。海からはなれたほうが良さそうだ」

私は二人の手を借りてようやく街道までたどりついた。海にむかって引き寄せられる感覚をうけながら移動する。街道をまがって海から遠ざかる。坂をのぼり、墓地や畑や雑木林を過ぎた。水平線が遠くに見えなくなっても、私はまっすぐにあるけなかった。まるで見えない手が全身にねばりつくように、海の方角へと連れて行こうとする。

ふと、腕の皮膚に赤い線がいくつもついているのに気づく。足のふくらはぎにあったものとおなじだ。着物をはだけさせて確認すると、腹のまわりの皮膚も赤くなっていた。それを見て和泉蠟庵が言った。

「手の跡のように見えないか」

あらためてながめてみれば、たしかにその通りだった。いくつもの赤色の線は、どうやら指の跡らしいとわかる。異様に指の長い手が、私の腕や足や腹のまわりに巻き付いたら、こんな風に皮膚が赤くなるだろう。見えない手が私の体にしがみつき、海にむかって引きずっていこうとしているらしい。長い指の持ち主を想像したとき、砂浜に横たわっていた長大な脛の骨をおもいだした。

「指輪をはずしましょう！」

輪が言った。この出来事は、禁忌をやぶったことに原因があるのではないかというのだ。彼らの持ち物だという翡翠を持ってきてしまったのがいけなかったにちがいない。私は指輪をはずそうと力をこめる。しかし石の輪っかはぎゅっと皮膚をしめつけている。無理矢理にはずそうとすれば、人差し指の皮膚が盛り上がって、石の輪っかを通せんぼする。和泉蠟庵と輪が二人がかりで指輪を引っ張ってくれた。しかし無駄である。彼らのささえがなくなった途端、私の体はぐらりとたおれこんでしまう。まるで坂道を落ちるように海の方角へと体が転がっていく。

三

地面にしがみついても無駄だった。私の体は強い力で引きずられる。途中にあった雑木林を傷だらけになりながら抜けた。墓を倒し、民家に飛びこんで、住人をおどろかせながら反対側の壁をぶちやぶり、私の体は海へ海へとむかう。やがて水平線が見えてきた。砂浜の手前に松林があり、私は松の木にしがみつく。

見えない手が、私の足や胴回りにしがみついて、ぐいぐいと引っ張るたびに、松の木がしなって針のような葉をふらせた。松の木に腕や足をからみつかせて悲鳴をあげている私のことを、棒きれを持って鼻水をたらした子どもたちが首をかしげて見ていた。

そのうちに和泉蠟庵と輪がかけつけてくる。私の体が松の木からはなれないように、帯でぐるぐると幹にしばりつけてくれた。騒動を聞きつけて漁師の大人たちがあつまってくる。輪がひとっ走り村長のところまで行ってくれた。連れてこられた村長は、白い髭《ひげ》をのばした爺《じじい》だ。和泉蠟庵が村長に事情を話し、翡翠の指輪を持ち帰ろうとした私の行いがしれわたる。

「翡翠の指輪が原因にちがいねえ」

漁師たちは口々にそう言って、私の指にはまっている緑色の石の輪っかにむかって両手をあわせた。

「指輪をはずして海にもどしなさい。そうすれば海に誘われることもなくなるはずです」

村長は言った。私もそんな気がしていたし、和泉蠟庵も同意見のようだ。

「も、もしも、この指輪がはずれなかったら、私はどうなっちまうんでしょうか？」

私は泣きそうになりながら聞く。和泉蠟庵は腕組みをして言った。

「ハユタラスと呼ばれるところまで引き寄せられるのかもしれない。彼らがほしいのは指輪だろうが、そのおまけとして、耳彦はくっついていってしまうわけだ」

そこへたどりつくまでに、海の中を通るのだとしたら、息ができずに死んでしまう。松の木にしばりつけられたまま、指輪をはずすための様々な試みが行われる。まずは力自慢の漁師があらわれた。筋骨隆々の男である。人差し指にはまっている輪っかをつまんで、そいつがおもいきり引っ張ると、あまりの痛さに私は悲鳴をあげてしまう。

指輪だけでなく、私の人差し指そのものが引っこ抜かれるかとおもった。力ずくでとろうとすれば、やはり輪っかの手前に皮膚が盛り上がって、それ以上はうごかない。次にあらわれたのは、油の瓶をもった女である。女は私の人差し指に油を塗りたくった。そいつのぬるりとした感触を利用し、指輪をすべらせてはずそうという試みである。しかしそれもうまくいかなかった。指輪はぎちぎちに指の根元まで食い込んだままである。油の質がわるいのかと、ほかにも様々なものを塗られた。私の指はおかげですっかり臭くなる。

他にも、牛をつかって指輪を抜こうとする者や、海風の力を利用する者や、御先祖様にお祈りして解決しようとする者も出てきた。最後には私がみんなをだましており、ほんとうはかんたんにはずせるのにちがいないと、怒りだす者まであらわれる。はずれないなら、いっそのこと、こわしてしまえばいいんじゃないか、と子どもが提案した。破片となった翡翠を、ご飯粒でくっつけて、海にもどせばいいんじゃないか、と。しかし大人たちがそれに反対する。翡翠の指輪をこわしてしまったら持ち主をおこらせるかもしれない。そうなるよりは、ざんねんだが、私の体ごと指輪を返すほうが良いとの意見でまとまった。

指輪の抜けないまま時間がすぎる。おそるべきことに、海へと誘う力はだんだんと強くなっているようだった。これまでは松の木の支えで何とかその場に制止できていたが、いつしか松の根元が盛り上がっており、今にも引っこ抜けそうになっている。これではいけないと、私の体に地引き網がかけられ、力自慢の男が海と反対方向に引っ張ってくれた。はじめのうちは一人で余裕だった。しかしすぐに二人がかりでないとむずかしくなる。

　松の木の根っこがついに引きちぎれた。私をしばりつけていた帯がはずれて、砂浜に松の木が横倒しになる。磯の香りがする網にくるまれて、私の体は砂浜をずるずると海にむかって引きずられていく。男たちが何人か網に飛びつき、地引き網漁さながらに反対方向へ引っ張ってくれた。私の体がおさまった網は、海にむかって一直線に引き絞られ、長くのびた。男たちは仲間の漁師を呼び、着物を脱ぎ捨て、ふんどし姿になる。いっせいにかけ声をかけて網を引き、私の体を波打ち際から遠ざけてくれた。彼らの姿はたのもしい。力をふりしぼり、私という人間の体をこの世につないでくれる。

「みんなで海の意志に対抗しているみたいですね」

　網の中から声援をおくることしかできない私のところにやってきて輪が言った。網の目から外の光景をのぞく。娘はその手に小刀を握りしめていた。

「耳彦さん、いよいよとなったら、これで人差し指を切断しましょう。あるいはそこまでしなくても、皮膚や肉を削《そ》いでしまえば、指輪も抜けるはずです。海に沈んで死ぬよりはずっといいでしょう？」

「おそろしい提案だが、その通りだ。蠟庵先生は？」

「むこうのほうでかんがえてらっしゃいます。まだためしていない指輪をはずす方法が、何かあるような気がするって」

　私がくるまれている場所を起点として、長く引き絞られた地引き網が、海とは反対方向にのびている。ふんどし姿の男たちが網にしがみつき、両足を砂浜に突き立てて、上体を後ろにそらして踏ん張っている。その後ろに和泉蠟庵と村長と他の野次馬たちがいた。女たちが地引き網に縄をくくりつけて、長くのばし、木や岩に結びつけてくれる。私は右手を高く上げて、血を下におとすように心がけた。指のむくみをとりのぞけば、指輪がはずれてくれるかもしれない。

　しかし海へと誘う力は、より強大になり、人々の努力を超えてしまう。ふんばっていた男たちが、ずりずりと海にむかってひきずられはじめる。私の体は海へと真っ逆さまに落ちていくかのように感じられた。木や岩に結びつけておいた縄も負荷に耐えきれず切れてしまう。私の体は網にくるまれたまま砂浜に跡をのこして横滑りしていった。漁師の男たちがかけ声をあげて地引き網を引く。決死のふんばりのおかげで、私の体はちょうど波打ち際で停止する。
冷たい海水の感触があった。横たわる私の体を濡《ぬ》らしながら、波が砂の上を行ったり来たりする。海が私を引っ張る力と、地引き網の力が拮抗《きっこう》していた。網が体に食い込んで痛い。このままでは、ところてんのように、私の体もこまごまとした四角い状態になって網の目をくぐり抜けてしまうかもしれない。打ち寄せる波に足もとをひたして輪が立っている。娘はむずかしい顔をして海の彼方《かなた》を見ていた。

「さっき村長さんが言ってました。もうじき、潮が満ちるそうです」

四

雲が流れて夕日が海面にさす。波は高くなり、波打ち際の場所がかわる。私のいたところはすっかり水の中に沈んでしまった。得体のしれない力で私の体は引っ張られているため、まともに立つことはできない。かといって横たわっていると溺死《できし》してしまう。砂に膝《ひざ》をついて網をささえにしながら上体をそらした。首が海面に出て、ようやく息ができる。

ざざあ、ざざあ、と砂浜に波が打ち寄せる。水平線の彼方からやってきて、また去っていく。どんなに強い波がぶつかってきても、私の体はよろめいたりしなかった。海方向にかかる力と、地引き網による力とが拮抗しているためだ。

砂浜にはふんどし姿の男たちが連なっている。彼らがいなければ、私は今ごろ海中にいただろう。和泉蠟庵が着物の裾を海水にひたしながらやってきた。端整な顎をさわりながら私を見下ろす。彼はすまなそうな表情をしていた。

「おもいつきそうで、おもいつかないんだ」

「何がです？」

と言って私は咳《せ》きこむ。高めの波がやってきて顔にかかった。

「指輪をはずす方法だ」

乳白色をまぜたような緑色の指輪は、今もぎっちりと私の人差し指をしめつけている。水でふやけた皮膚のせいで、さきほどよりもきつくなっている。

「亀を連れてきてください。亀に乗れば、無事に竜宮城まで行けるかもしれません」

網目の四角に口を押しつけて私は泣きながら言った。波が耳元あたりで音をたてる。さらにまた水位があがったらしい。首を懸命にのばして顔を海面に保つ。夕日を背にした和泉蠟庵の顔には影が落ちている。砂浜で休んでいた輪もやってくる。腰まで海水につかり、波をうけてよろめきながら和泉蠟庵の横にならぶ。

「網を引いている方々も、じきに力がつきるでしょう。その前に、これを使うべきです」

輪は小刀を私にむかって差し出す。網の目越しにそいつを受け取った。私は決心してうなずくと、ふるえる手でその刃を人差し指にあてる。石の輪っかがぎゅうぎゅうとしめつけている付け根にむかって力をこめる。しかし寸前で恐怖心から断念してしまう。

「だめだ、できない！」

指を一本、切り落とせば、命がたすかる。人差し指だけをつれて、指輪は帰っていくだろう。しかし痛いのがこわいのだ。夕焼け空の海辺に私のすすり泣きが聞こえた。和泉蠟庵と輪が無言で私を見下ろしている。涙と鼻水をたらしながら網の中で私はさけぶ。

「二人とも、おどろいたかい。私がこんなにも、なさけない男だということに」

するとが輪があきれたように言った。

「いえ、それは、前からしってましたけど」

「じゃあ、なんで、だまっているんだ」

「指を切らないなら小刀を返してほしいなって。高かったんです。海に吸い込まれて消えるとき、持っていかれるのは嫌です」

「ちくしょう、こんなもの」

私は小刀を網の目から外にむかって捨てる。沈んだそいつを輪がもぐってとってくる。

そのとき、私の体をつつみこんでいた網の紐《ひも》が一本、ぶつんと切れた。丈夫だとおもわれていたこの網も、そろそろ限界がきているらしい。私は泣いて海にむかって命乞《ご》いをする。和泉蠟庵が言った。

「耳彦、やっぱり指を切った方がいいんじゃないか。痛みがうすれるように、前もって冷やしておくことができればよかったんだが。せめて血の流れがとまるように、糸をぐるぐると指の根元に巻いておこうか」

そこまで言って和泉蠟庵は、はっとした顔になる。腕組みをといて、私の人差し指にはまっている指輪へと視線を注ぐ。輪が怪訝《けげん》そうに声をかけた。

「どうされました、蠟庵先生」

「待ってなさい、道具を持ってくる」

私たちに背中をむけると、和泉蠟庵は波をかきわけながら砂浜へともどっていく。荷物を置いている辺りへとむかったらしい。その急ぎように、あつまっていた野次馬たちもおびえて道をあけていた。

海面はすでに私の耳元まで高くなっていた。口をひょっとこのようにしながら上へ突きだして息をする。空がひろがっていた。雲が縁の部分を夕焼けに彩られてかがやいている。ぶつん、とまた網の一部が切れた。和泉蠟庵が海水をかきわけながら私のもとにもどってくる。針と糸を握りしめていた。

「耳彦！　手を出せ！」

私はあきらめて網の目から人差し指を出す。これから指の切断の準備をするのだろうとおもった。糸を指の根元に巻き付けて血の流れを止めるのだ。しかしそれなら、どうして針が必要なのだろう。

「これから指輪をはずすぞ」

和泉蠟庵が言った。海水のはいりこんだ耳が、聞きまちがいをしたのかとうたがってしまう。しかしそうではなかったらしい。彼はさっそく作業にかかる。まず最初に、指輪と皮膚の密着しているところに針の先をねじこんだ。針には糸がつながっている。あわてているせいで針が皮膚にささって血が出てしまう。しかし気にしてはいられない。指輪と皮膚の間はぎっちりと詰まっていたが、針はなんとかそこにもぐりこんで通り抜けてくれた。針につながった糸も、するすると指輪をくぐっていく。

「よし、これでいい」

和泉蠟庵はうなずいた。一本の糸が指輪をくぐり抜けて、指先から手のひらにむかってのびている。和泉蠟庵は、手のひら側にたれている糸をおさえて固定する。それから指先側にたれている糸を、ぐるぐると指に巻きはじめた。皮膚をしめつけるようにしっかりと。しかし目茶苦茶に巻くのではない。指輪のすぐそばに一巻きさせたら、すこしずらして二巻き、さらにすこしずらして三巻き、糸をそろえるように巻く。まだ指輪がはずれる気配はない。作業は途中である。しかしそのとき、ぶつん、ぶつん、と網の紐がいくつも引きちぎれた。

ついに地引き網が裂けてしまったのだ。体をつつんでしっかりと陸地につなぎとめていた網の感触が一切なくなる。私の全身が海中へと没した。まるで何者かにしがみつかれているかのように引きずりこまれる。ごぼごぼと水泡の音しか聞こえなくなった。

頭上の海面は夕焼けを映して、赤色の光が宝石をまぶしたようだった。たすけをもとめるように、私は手をのばす。輪が私の左手をつかんだ。私も輪の手をつかみ返した。輪は一方の腕に網をからませている。もう一方の手で私の手をつかんでいるという状態だ。私と同様に水没し、着物の裾が水中でゆれていた。頬をいっぱいにふくらませて息をためながら、海へとむかう私を引きとめている。

おたがいの手を握りしめて耐える。その手を放せば私はおしまいだ。ずるずると手がすべってしまう様を想像していたが、しかし不思議なことに輪の手はくっついたまま、しっかりと結びついていた。

和泉蠟庵がもぐって私の右手にとりついた。指輪をはずすための作業をする。せっかく指に巻いた糸がほどけていた。それをいそいで巻き直し、指輪から指先にむかってぎゅっと皮膚を糸でしめつける。次に和泉蠟庵は、手のひら側の糸を、ぐるぐると逆方向に巻きはじめた。結果的に指輪をはさんだ状態で糸がほどかれていく。

私は螺子《ねじ》というものを見たことがある。それは異国から伝わる火縄銃に使用されているもので、釘《くぎ》のような鉄に、らせん状の溝が刻まれている代物だ。和泉蠟庵が指輪をはずすためにおこなった方法は、螺子のらせんをおもいださせた。回転の力が、別の方向への力へと変化する。糸が一巻きほどかれると、糸の幅の分だけ指輪がずれてくれた。

ついに指輪がうごきだす。糸がほどかれるごとに緑色の石の輪っかは指先へとずれてくれた。指輪のずれていく方には、まだ糸が巻かれてあり、皮膚は押さえつけられている。皮膚が盛り上がり、引っかかって通せんぼすることもない。人差し指の中程までずれる。石の輪っかと皮膚の間にわずかな隙間ができて、もう何もせずとも指輪が引っ張られて、ついに私の指からはずれてくれた。糸をひっかけたまま、緑色の翡翠の輪っかは海の暗闇の奥へとすいこまれ、消えていく。

がくん、と私の体は自由になった。海へと引きずりこもうとする力が消える。輪と私は地引き網に引かれ、水中でぐるんと一回転し、波にながされ、砂浜にうちあげられた。

頭上で海鳥が夕焼け空を行き交っている。ざあ、ざあ、としずかに波が打ち寄せていた。私と輪は砂浜であおむけになり、しばらくうごけなかった。輪は濡れた髪を頬にはりつかせ、胸を上下させて荒い息をしている。野次馬たちが歓声をあげながらあつまってきた。地引き網を引っ張ってくれていた男たちが、汗まみれでその場に倒れ込んでいる。和泉蠟庵が安堵の顔つきで水中からもどってきた。着物から水を滴らせながらやってきて、私と輪の無事を確認し、協力してくれた人々にお礼を言いに行く。私は横たわったまま右手を見つめる。水でふやけて、指の皮膚《ひふ》がしわしわになっていた。

昨日とおなじ旅籠に泊まった。夜が明けて漁村の人々に礼を言ってまわる。それからようやく出発することになった。砂浜をあるくと長大な脛の骨が横たわっている。つまずかないように大股《また》で飛び越えて海から離れた。昨日とは異なり、何かにしがみつかれているような体の重さもなかった。赤い手の跡も体からすっかり消えている。

しばらくは海沿いに街道がつづいている。あるきながら和泉蠟庵と輪は各地に伝わる竜宮伝説について話していた。和泉蠟庵によれば浦島太郎というおとぎ話には元になる伝承がいくつもあるらしい。いじめられている亀をたすける浦島太郎もいれば、釣りに出て亀を捕らえる浦島太郎もいるという。その亀が女人に変化して妻になる話もあれば、竜宮城ではなく蓬萊山《ほうらいさん》に行くという話もあるらしい。玉手箱の煙をあびて老人になって死ぬという終わり方もあれば、その後、鶴になって飛び去り乙姫とめぐりあうという終わり方もある。そもそも浦島太郎という名前も最近になってつけられたものであり、ずっと昔には浦島子《うらしまこ》という名前だったとも説明をうける。和泉蠟庵は言った。

「古くから伝わっている物語を子どもに話しているうちに、些末《さまつ》な部分は消えたり、変わったりして、簡単になっていったのだろう。人の心にもっともひっかかる部分だけがのこり、浦島太郎というおとぎ話の形になったのではないかな」

「耳彦さんも言ってましたけど、やっぱりあの最後は理不尽です。どうして浦島太郎は急に老人になってしまったんでしょうか。亀を助けていいことをしたはずなのに。海からもどってきて老人になる部分は、どうして広く流布した状態でのこっているんでしょう」

輪がそう言うので、私は横から口をはさむ。

「おまえ、そんなこともわからないのか。物知りなだけの、すっとこどっこいなやつだな」

輪が、むっとした顔をする。気にせず私は言った。

「昨日のことがあって、すっかりわかっちまった。海の底には竜宮城が確かにあって、玉手箱の煙が海にうすく立ちこめているのにちがいねえ。煙が空にひろがるみたいに、竜宮城の玉手箱の煙が海にはひろがっているんだ」

私は両方の手のひらをかざして見せる。

「今はもう海から離れてすっかり元通りだが、昨日は手のひらが老人みたいにしわくちゃだったんだ。指先の皮までしわしわの爺みたいになっちまっていた。海に長くつかっていたら、体が爺になるってわけだ。煙を直接に吸ったわけじゃあないから、しばらくすれば元通りになるけどな」

まあ、本気でそうおもっていたわけではない。海水でなくとも水につかっていれば手はしわしわになる。しかし昨日の一件でふとそんな作り話が頭をよぎったのである。

和泉蠟庵によると、私たちの手がしわしわになるのは、水辺で生きのびるために体が自然とおこなう変化だという。たとえば川に転落して岩にしがみつかねばならないとき、指がしわしわになっているのと、なっていないのとでは、くっつき方が異なるらしいのだ。

和泉蠟庵は私の意見に感心してくれる。輪は自分の手のひらをじっと見つめていた。そういえば昨日、地引き網が切れて私が水没したとき、この娘が手をつかんで止めてくれた。あのとき、おたがいの手がしっかりと結ばれたまま、はずれなかったのは、手がしわしわになっていたおかげかもしれない。私は輪に言った。

「おまえ、どうして私の手を放さなかった。ひとつまちがえば、おまえもいっしょに海の底だったかもしれないぞ」

「手を放さなかったのは耳彦さんです。私はふりほどこうとしたのに、しがみつかれていたんです。おそるべき生への執着心。あさましいものです」

「そうだったかな、まあいい。ともかく礼を言う、ありがとよ」

輪はそっぽをむく。

和泉蠟庵は街道を山の方角へまがった。海鳥の鳴き声や波の音は聞こえなくなり、潮風も途絶える。水平線は後ろに遠ざかり、ついに見えなくなった。

# 四角い頭蓋骨と子どもたち

# 一

山賊、野盗、追いはぎの類《たぐ》いが、かつてより激減したことは事実であろう。戦がそこら中でおこなわれていた時代には、旅人を襲って金品を強奪する輩《やから》が今よりもずっとおおかったらしい。それはなぜだろうか。戦に負けた野武士たちが山賊と化したのか。あるいは、不安定な世情が貧困をもたらし、人々を盗みへかりたてたのか。しかし戦乱の世はおわったのである。

最近、物見遊山《ものみゆさん》の旅をする者がおおい。人々が安心して旅のできる世の中になったというわけだ。といって、山賊がまったくいなくなったというわけでもないらしい。

「お気をつけください。この先の山に山賊一味が出るのです。先日も、旅人が丸裸にされて斬られているのが見つかったのです。役人がそいつらの住処《すみか》を血眼《ちまなこ》になってさがしているのですが、まだ見つかってはいません。いったいどこにかくれているのやら。念のため別の道を行かれたほうがいいでしょう」

出発するとき旅籠《はたご》の主人がそのようなことを言った。私たちの行き先を聞いて心配になったのだろう。私の友人であり、雇い主でもある、旅本作家の和泉蠟庵《いずみろうあん》が返事をする。

「では、そのようにしましょう。いるところには、いるもんですからね。この男なんて、すこし前、ひどい目にあったものです」

和泉蠟庵がちらりと私を見る。山賊という言葉を聞いて私のひざがふるえだした。

「どういう目にあったんです？」

質問をしたのは輪《りん》という娘だ。

「山賊につれていかれて、もうすこしで殺されるところだったんだ。あれはまったく、おそろしい出来事だった。あれ以降、しばらくの間、私は心をうしなっていた。なんにも手につかず、家で寝転がっていることしかできなかったんだ」

「じゃあ、いつもとおんなじじゃないですか」

輪は和泉蠟庵に旅本を書かせようとしている版元の者であり、旅に同行して調べものの手伝いをしているのである。旅の費用はすべて輪が支払ってくれる。しかしその財布の紐《ひも》はおそろしく固くむすんであり、私が食事時に酒でも注文しようものなら、鬼の形相でにらんでくるのである。まったくおそろしい娘である。

「ともかく、もう二度と、山賊なんかごめんです」

私が主張するまでもなく、全員一致で、山賊の出る地域を避けて行くことに決めた。多少の遠回りになってしまうが、しかたのないことだ。旅の日数がかさめば、それだけ費用がかかってしまうので、財布をにぎりしめている輪の眉間《みけん》にもしわがよってくる。しかし今回ばかりは、この娘も反対しない。

私たちが目指しているのは、とある温泉地だった。湯治へ行くのではない。和泉蠟庵という男は、全国の温泉地をめぐり、お湯の質や効能、名物の食べ物や、そこまでの行き方などをしらべて書にまとめるのが仕事である。私は彼の荷物持ちとして雇われていた。

旅籠を出た私たちは、温泉地にむかってあるきはじめた。しかしここで問題がおこる。和泉蠟庵という男は極度の方向音痴である。山賊の出るという噂の地域を避けてあるいていたつもりが、いつのまにか、まさにその方角へむかっていることに気づく。来た道を、あわててもどる。しかしまた方角がおかしくなった。お日様の場所が予想とちがうところにある。輪の口数がすくなくなり、またいつもの不毛がはじまったと顔に出る。和泉蠟庵といっしょにいると、まっすぐの道でも迷うし、行ってはいけないとおもっていた方にどんどんちかづいてしまうのだ。

細い獣道のようなところへ入ってしまう。その先に山の斜面があり、洞窟《どうくつ》があり、数頭の馬がつないである。私たちはいやな予感がして立ち止まり、茂みのなかに隠れて様子をうかがった。洞窟から汚らしい格好をした男たちが出てきて、下品な顔つきでわらいながら、岩場にむかって小便をしはじめる。その腰には刀が携えられていた。かといって武士にはとても見えない。洞窟のそばに、刀で切り捨てられたような男女の死体が横たわり、蝿が周囲を飛び交っていた。

「蠟庵先生、あれは……」

輪が蒼白《そうはく》な顔で言った。

私の足が枝をふんでしまい音が鳴る。男たちの小便が途切れて、私たちのいる方をふりかえる。見つかったわけではない。じっとしていれば、茂みにかくれてやりすごせていただろう。しかし私はこらえきれなかった。

「ひぃぃぃっ……！」

声をあげて私は逃げ出してしまう。まちがいない。あれは山賊の一味だ。

男の声があがる。

「だれだ！」

和泉蠟庵と輪もはしりだした。二人とも足がはやかった。私はすぐに追い抜かれてしまい、二人の背中を前に見ながらはしることになった。

「お、置いてかないでくれぇ！」

無我夢中で林のなかをすすむ。そのうちに、山賊の追いかけてくる気配はしなくなった。

空が曇って暗くなる。私たちは山のなかをすすんだ。方向もわからないまま逃げたせいで、どちらに人里があるのかも不明である。村を見つけたのは偶然だった。茂みをかきわけたところに無人の集落があったのである。周囲は山にかこまれ、低いところを流れる雲が村に蓋《ふた》をしているみたいだった。ほとんどの家は風雨にさらされて半壊している。家々の間には田んぼや畑があり、雑草が生い茂って野原のようになっている。かつては人が住んでいたのだろう。住人たちが消えて、すくなくとも十年ほどは経過しているようだった。陰った日のせいで、草木の色は死んだようにくすんでしまい、陰鬱《いんうつ》な雰囲気があたりにただよっている。

和泉蠟庵が空を見上げて言った。

「もうじき、どしゃぶりになる。夕暮れもちかいし、休めそうな家をさがして、今日はそこで一泊しようじゃないか」

雨宿りのできそうな家を手分けして探す。一軒ずつ家をたずねては、開きっぱなしの戸からなかをのぞいて、屋根に穴があいていないかをたしかめた。そのうちに雨がふってきて地面がぬかるんでくる。どしゃぶりだった。

「蠟庵先生！　耳彦《みみひこ》さん！　こっち！」

雨粒をうけながら輪が手招きしていた。状態のいい家を見つけたらしい。私と和泉蠟庵は、水たまりを踏みながら輪のもとへむかう。途中、足袋《たび》の裏に固い感触がある。何かの砕けるような音がした。

「耳彦、どうした？」

「蠟庵先生、これ……」

私は地面を指さす。大小様々な骨がぬかるみのなかにちらばっている。私が踏んだのは肋骨《ろっこつ》かなにからしい。なかにはしゃれこうべもあったのだが、それがどうにも奇妙な形をしていた。

和泉蠟庵が、ぬかるみのなかから、しゃれこうべのひとつをひろいあげ、雨水で汚れを拭《ぬぐ》った。目鼻の穴、連なった歯など、顔にあたるところは普通である。しかしその頭部は丸みのある一般的な形とは異なっていた。左右の側面と後頭部、頭頂部のよっつの面がそれぞれ平たい。つまり頭部が四角形だったのだ。

二

和泉蠟庵が鍋《なべ》に雨水をくんで湯をわかしはじめた。私は竈《かまど》の火で暖をとりながらほっと息をもらす。輪が見つけたこの家はなかなかきれいである。炊事に必要な道具もそろっているし、他の家みたいに蜘蛛《くも》の巣もはっていない。まるでだれかが手入れをしているかのように整っている。唯一の欠点は、竈から立ち上る煙である。竈の内側に、なにか妙な薬でも塗られていたみたいに、大量の白い煙が発生した。幸いなことに、煙は藁葺《わらぶ》きの天井から逃げていったので、燻《いぶ》し殺されることはなかった。

湯がわくまでの間、和泉蠟庵は、がらんとした板の間にすわり、腕組みをしながら、からっぽの木の箱を見下ろしていた。輪がちかづいて声をかける。

「なんですか、その箱」

「となりの家から持ってきたんだ。これとおなじようなものがいくつもころがっていた。ほかの家をのぞいたときにも、やっぱりおなじような箱がころがっていたんだが、いったい、なんだとおもう？」

西瓜《すいか》がすっぽりと入る程度の大きさである。蓋はない。

「お米や野菜を入れておいたんじゃないですか？」

「でも、布団のそばにころがっていることがおおかった。寝るときにつかっていたのかもしれないぞ」

私も会話にくわわった。

「きっと、このなかに賽子《さいころ》を入れてふるんですよ。寝る前にそういう遊びをしていたんでしょう」

「耳彦さんの頭には博打《ばくち》のことしかないんですね」

輪が冷ややかな一瞥《いちべつ》をよこす。

「見くびるな、酒のことだってかんがえてるぞ」

「ちょっとだまっててもらえます？　蠟庵先生、それで、この箱の正体は？」

「頭にかぶっていたんじゃないかな」

「頭に?」

「これをかぶって寝ていたんだ。つまり枕のようなものだ。そのせいでこの村の人たちは、全員、しゃれこうべが四角形になっていたというわけだ」

和泉蠟庵によれば、野菜や果実に箱をかぶせておくと、箱の内側とおなじ形状に育つのだという。人間もおそらくはおなじで、赤ん坊のころから頭に箱をはめていれば、角張った四角形の頭蓋骨《ずがい》に変形するのではないか、とのことだ。

「でも、どうしてそんなことをするんです?」

「この村の人たちにとっては、四角形の頭こそが美しいとされていたのかもしれない」

「そんな馬鹿なことってありますか?」

あの骨は村人たちのものだったのだろうか。もしもそうだとしたら、この村でいったい、なにがおきたのだろう。骨のちらばっていた場所は村の真ん中である。お墓に埋められていたものが表に出てきたというわけではないらしい。どちらかというと、その場所で大勢の村人たちが死に、放置されていたかのような印象だった。なんとも不気味である。

輪が夕飯の支度をしてくれた。竹筒に詰めた味噌《みそ》をひとすくい、煮立った湯に溶かしこむ。飯を炊き、それぞれの茶碗《ちゃわん》によそう。釜《かま》の底にこびりついた香ばしいお焦げまできれいにたいらげた。

竈の火をつけたまま私たちは横になり眠ることにする。すでに外は真っ暗だった。雨音だけがつづいている。眠りに入りかけたとき、外から何者かの気配がした。

ずちゃ……、ずちゃ……、ずちゃ……。

ぬかるんだ地面を踏んであるく音である。私たちは起きて耳をすませた。山賊だろうか。それとも、他のなにかだろうか。息をつめてじっとしていると、家の外から声がする。

「ごめんください。ごめんください。どなたか、いらっしゃいますか」

嗄《しわが》れた声だ。和泉蠟庵が立ち上がり、返事をする。

「はい。どちら様でしょう」

「旅の者です。どうか、一晩、休ませていただきたく、お訪ねしました」

和泉蠟庵が戸をあける。外からひんやりとした風がはいってきた。まだ竈の火が燃えていたおかげで、戸を開けた人物の姿が、暗闇のなかにうかびあがる。

僧である。薄汚れた大きめの僧衣をまとっていた。足もとは泥にまみれている。雨よけのための笠《かさ》を脱ぐと、まだ若々しい顔が露わになった。細面の男である。家の中にいる私たちの顔を見て、僧は、ほっとしたような表情をうかべた。

昨日からなにも食べていないというわかい僧のために、再び輪が飯を炊きはじめる。和泉蠟庵と僧が板の間でむかいあって話すのを、私は横で聞いていた。和泉蠟庵は、私たちのおかれた状況を説明する。自分たちも旅をしている最中であり、偶然にこの村を通りかかって、雨のせいでこの家で一泊することになったのだと。

「なるほど、そうでしたか。どのような理由で旅を？」

喉《のど》に病《やまい》でも患っているのだろうか。若々しい顔に似つかない嗄れた声で僧が聞く。濡《ぬ》れた僧衣を脱いで乾かしもしない。私たちを警戒しているのだろうか。すぐにでも逃げられるようにしているのだ。

私たちはかわりばんこに、和泉蠟庵の生業《なりわい》と旅の理由をおしえた。話題が和泉蠟庵の迷い癖のことになると僧は興味をかきたてられたのか質問攻めになる。これまでに迷いこんだ奇妙な土地、まきこまれた事件、出会った怪異について話をする。和泉蠟庵の迷い方が、あまりに度をこしているため、笑みもこぼれるようになった。

「お坊さん、なにを笑っているんです。蠟庵先生の方向音痴のせいで、どれだけ私がこまっていることか！」

輪が頬をふくらませる。

飯が炊けたので、茶碗によそって僧の前に出した。

「ああ、いいにおいだ」

僧は両手をあわせて食い始めた。見事な食いっぷりだった。

旅をしていると、一期一会の出会いがある。なかには、出会った者から、興味深い話を聞かされることもある。僧がまさにそれだった。食事のあと、僧は神妙な顔つきになり、この村にやってきた経緯を話し始めたのである。

「私は、この村の生きのこりという老人に出会ったのです。老人はおびえた声で言いました。村人たちの骨が供養されないまま地面にちらばっているのだと。のこった者は、子どもたちと、村長をふくめた何人かの大人だけだそうです。他は全員がそこで死んでしまったと。どうか彼らにお経をあげにいってくださらないかとたのまれ、私はここへ参ったのでございます」

しかし村にたどりついたはいいものの、雨に降られ、休めそうな場所を探していたという。私たちの食べた飯と味噌汁の残り香を雨の中で感じ取り、この家をたずねたというわけだ。

竈の炎と行灯《あんどん》の明かりが家の中をぼんやりと染めている。和泉蠟庵と僧の影が天井につくほどおおきい。

「では、この村でおきたことを、ご存じなのですね？」と和泉蠟庵。

「村人たちは、どのように死んだのです？」と私。

「あのしゃれこうべは、どうして角張っているんですか？」と輪。

僧はこまったように丸い頭をなでた。うむ、やはり頭は丸いにかぎる。

「わかりました、お話ししましょう」

私たち三人は僧の話に耳をかたむけた。

「この村では忌まわしいことがおこなわれておりました。村人たちは報いをうけたのかもしれません。生きのこりという老人に話を聞いたとき、私はあまりのおそろしさにふるえがおさまりませんでした。この村は、見世物小屋に売るための子どもをつくっていたのです」

「見世物小屋？　お祭りなんかで見かける、あれのことですか？」

私が言葉をはさむ。僧はうなずいた。

「もともとはまずしい村だったそうです。食べるものもなく、飢えによって死ぬものも後を絶たなかったと……。だからといって、あのようなこと……」

見世物小屋に入ったことなら何度かある。物珍しい品物や動物を見物できる場所である。生まれてはじめて孔雀《くじゃく》を見たのも見世物小屋でのことだった。特に印象深いのは駱駝《らくだ》である。砂ばかりの国から連れてこられた生き物を見るため、おおぜいの人々が見世物小屋へつめかけたものだ。

頭と足がそれぞれ八つずつある奇妙な牛も見た。生き物は、ごくまれに、ふつうとはちがった体つきで生まれるものである。大半は死んでしまうが、生き続けた場合は、見世物小屋に売られることもある。八頭八足の牛や、三本足の鶏《にわとり》などはその類いである。

人間もそうだ。ごくまれに、そのような子が生まれる。はたらくこともままならない体つきの子どもたちが、見世物小屋で見世物になっているのを私は見た。骨格がゆがんでいたり、首がふたつあったり、その形状は様々だった。村の口減らしのために間引きされるはずだった子どもたちを、見世物小屋の主人が買って育てていたようだ。見世物小屋というものは、そうした者たちに仕事をあたえ、ご飯を食べさせてくれる場所だったのだ。

しかし、そこへ売るための子どもをつくっていたとは、どういう意味だろうか。

「この村では、赤ん坊をはらんでいる娘に、様々な毒をうすめて飲ませていたのです」

竈と行灯の明かりによって僧の顔に深い影ができる。

「うすめられた毒は、母親の体には何ともありませんが、おなかの赤ん坊には色濃く影響が出るものです。この村の人々は、そのようにして、ふつうとは異なる姿の子どもをつくり、産ませていたのです。ほとんどの場合、長くは生きられません。しかし無事に十歳まで生きられたら、見世物小屋へ売られてゆくのです。この村では、そのようなことがくり返されていました。奇妙な顔つき、体つきの子どもを次々とつくり、見世物小屋の主人から金銭をうけとっていたのです」

「母親はいやがらなかったのですか。子どもを守るために、毒をはきだそうとはしなかったんですか」

私が聞くと、僧は首を横にふる。

「いいえ、自らすすんで飲んでいたようです。そうするのがあたりまえだとおそわっていたので、疑問を抱くこともなかったのでしょう。子どもにとって、大人たちの言葉は、この世のすべての理《ことわり》なのです。母親に薬を飲ませても、運良くふつうの姿で生まれてくる子どもたちもいました。しかし彼らもまた、特別な体つきに作り替えさせられたそうです。赤ん坊のころから木の箱をかぶせられたのです。そうすると頭が箱の内側とおなじ形になっていくのだそうです。箱が頭を圧迫し、痛みにたえかねて死んでしまう子どももいたようですが……」

「かわいそうに……」と輪が言葉をもらす。

「大人になっても頭を四角形に保つため、寝るときは箱に頭を入れてねむりについていたときいています」

「しかしなぜ村人たちは死んだのでしょう」と和泉蠟庵。

僧はため息をついて藁葺きの屋根裏を見上げた。竈から吹き出ている白い煙が、屋根裏にぶつかり、藁の隙間を抜けて外へ逃げていく。

「この村は、もう長いことずっと、そのようなことをつづけていました。一風変わった姿の子どもを産ませ、見世物小屋に売りつづけていたのです。最近は飢えることもすくなくなり、村長は私腹を肥やして大金を家の中にかくしていたと聞きます。それなのに子どもたちは、何もしらず、様々な姿でこの世に生をうけたのです。村人たちを殺したのは、そうして産み落とされた一人の少女だったのです」

三

奇妙な姿で生まれた子どもたちは、一箇所でまとめて育てられたという。頭が四角形の大人たちがやってきて世話をしてくれたそうだ。問題の少女もまた、そこで暮らしていた。

少女には頭がふたつあった。しかし、ものをかんがえて言葉をしゃべるのは片方の頭だけで、もう片方の頭はいつもねむっていたという。母親は出産のとき死に、父親がだれなのかもわからないまま、少女はおおきくなっていった。

その家で暮らす子どもたちは、生まれつき、様々な姿をしていた。目や鼻がいくつもあったり、肋骨が体の外に飛び出していたり、両手両足がなかったりする。体の一部がくっついた状態の双子もいた。

　ふつうに生まれた子どもたちは、彼らのことをうらやましがったそうだ。ふつうに生まれてしまうと、頭を四角形にしなくてはならない。窮屈な箱をかぶらされるため、頭がきりきりと痛み、狂ってしまう子もいた。見世物小屋へ売られることはなく、いつまでも村の労働力として生きなくてはならない。村の外へ行けるのは、お祭りの時期だけだ。急ごしらえで作られた各地の見世物小屋へ行き、四角い頭を人々にさわらせて稼いで村へもどってくる。それがふつうに生まれた子どもたちの生き方である。

　姿の不思議な子どもたちは、愛情深くそだてられ、十歳になると見世物小屋に売られていった。外で金を稼ぎ、そのうちいくらかを村に送ってくれたという。たまに里帰りをすることがあって、その際、外の話をいろいろと聞かせてくれた。少女もまた、いつかは自分も見世物小屋に行くのだと、おもっていた。

　村に熊が出たのは少女がまだちいさなころだった。熊は山奥から下りてきて、最初のうちは畑をあらしていたが、そのうちに民家へ入りこむようになって、出くわした村人たちをおそったそうである。口のまわりを真っ赤にしながら、熊は、少女の暮らす家へとむかった。子どもたちは家の奥でおたがいの体をぎゅっと抱きしめあい、家の中にあがりこんだ巨大な生き物を見上げた。

　熊が子どもたちにねらいをさだめてちかづいてこようとした。そのときのことだ。

少女のふたつの首のうち、いつも眠っていたほうの首がうごいた。唇がほそく開かれて、生まれてはじめて言葉を発したのである。ただの言葉ではない。それはお経だった。

熊は少女を見ていたが、おびえるように後ずさりをはじめる。お経がさらにつづくと、きびすをかえして村を出て行った。まるで逃げるように一目散に山へ入り、二度とあらわれることはなかったという。

少女のふたつめの首は、その後も時折、口を開いてはお経をとなえたそうだ。そのたびに不思議なことがおきたという。嵐がしずまることもあれば、落石が人にぶつかる寸前で粉々にくだけることもあったという。少女は村人たちに慕われ、おなじ家で暮らしていた子どもたちの尊敬を一身にうけた。

そのような少女が村人たちを殺したのは、妹のことが原因だった。ほんとうの妹ではなかったが、おなじ家で暮らし、妹同然の存在だった。その娘は少女よりもふたつほど年がわかく、すこし頭が弱かった。なにより異様なのはその白さだった。肌も髪の毛も目もすべてが白かったのである。娘はだれからも好かれ、じっとしていると、蝶《ちょう》や小鳥たちがあつまってきた。いつも娘がすわっていたところは、なぜか草木がよくのびたという。

しかし、村のお祭りの日、真っ白な娘は姿を消した。あの娘は見世物小屋へ引き取られたのだと大人たちは説明した。本来、十歳になるまでは売られることはなかったけれど、娘のことを気に入った者がいたらしく、時期がはやまったというのだ。少女はそれを聞いてざんねんにおもった。おわかれの挨拶もできなかったからだ。

その晩、村の真ん中で盛大に火がおこされた。そのまわりで頭の四角い大人たちや、ふつうとは異なる体つきの子どもたちが、歌や踊りをたのしんだ。笛の音色が夜になっても聞こえ、饅頭《まんじゅう》が子どもたちにふるまわれた。

少女がどのような経緯で村長の家をのぞいたのかは、だれにもわからない。もしかしたら、大人たちがこそこそと順番に入るのを見かけて興味がわいたのかもしれない。少女は戸の隙間から、そっと村長の家をのぞいた。そこで見たものは、料理をふるまわれている大人たちの姿だった。彼らは皿に盛られた料理を前に両手をあわせ、ひとつまみの肉を口に入れて飲み込んでいた。それだけならおかしな点はない。しかし大人たちは、少女に気づくと、顔を蒼白にさせ、きつい口調で追い払ったのである。その様子が尋常ではなかった。少女は大人たちの引きとめようとする手を避けながら炊事場に入った。そこにあったのは、ばらばらにされ、まな板にならんでいる妹の姿だったのである。

「肌や目や髪の毛の真っ白な者が、まれに生まれることがあるのです。そのような者を人魚と呼ぶ土地もあり、その肉を食すれば寿命がのびると噂されているのです。村の大人たちはそれを信じたのでしょう。どうやら村長の指示だったようです。娘の肉を切り刻み、料理にして全員で食していたのです」

あいかわらず雨音が家の屋根にうちつけていた。私たちは僧の嗄れた声をじっと聞いている。

「少女の感じた悲しみと憤りはどれほどつよかったことか。ふたつめの首が、唇をそっと開いて、お経をとなえはじめたそうです。それを見て即座に逃げ出した者が何人かいました。たとえば村長や、私にこの話を聞かせた老人です。彼らは、少女のふたつめの首がお経をとなえたとき、熊がおびえ、落石が粉砕されたのをしっていました。自分たちの身に災難がふりかかることを察したのでしょうか。一目散にその場をはなれることができたのです」

逃げた者たちが、何日かたって、おそるおそる村に帰ってきてみると、そこにはおびただしい数の死体がころがっていたという。子どもたちは全員がたすかっており、村の片隅で身をよせあって泣いていたそうだ。子どもたちの話によれば、少女が村の広場にあらわれると、大人たちの様子がおかしくなり、次々と腹を破裂させて死んでしまったという。

「少女はそれからどうなったんです」と和泉蠟庵。

「村を出て行って、それきりだそうです」

輪は憂鬱そうな顔をしている。さすがの私もすっかり気が滅入《めい》ってしまった。見世物小屋に売り飛ばすため、普通とは異なる身体にされた子どもたちのことをおもうと、やりきれない気持ちになる。しかし、私がこの村の者ではなく、外から来た者だから、そうおもうのかもしれない。子どもたちと同様、この村で産まれ育っていれば、妊婦がうすい毒を飲み一風変わった子どもたちを産むことにも、疑問を抱かなかったのだろうか。子どもたちにとって、村で長年おこなわれている習慣や、大人たちの言葉は、この世のあらゆるすべての理だったのだから。子どもたちにとって、親は神様も同然なのだ。親の言葉によって、心も、体も、作られていく。

「その後、たすかった子どもたちは？」と私は聞く。

「各地の見世物小屋にひきとられたようです」

「幸せになれたでしょうか」

「さあ、それは、わかりません……」

すでに夜更けだ。私たちはそろそろ話をやめて眠らなければならなかった。

雨音はいきおいをよわめている。私たちは板の間に横たわった。濡れた僧衣を身につけたまま、僧がそばに寝転がる。体に対して僧衣は大きめであり、まるで蓑虫《みのむし》のようだった。そのうちにみんなが寝息をたてはじめる。竈の薪《まき》がくすぶっており、真っ黒な炭の内側から、赤色の熱を見え隠れさせている。暗闇のなか、それがうつくしかった。

## 四

おそろしい夢を見て飛び起きた。すぐに夢の内容はわすれてしまったが、再びねむりにつくことができず、板の間で何度も寝返りをうった。そばに和泉蠟庵と僧が横たわっており、すこしはなれたところで輪が寝息をたてている。私は起き上がり、外を散歩してみることにした。風にあたれば気分もかわり、ねむくなるかもしれない。

雨雲はすっかりながされて、空には満月がうかんでいた。白々とした月光が村の姿を夜の底にうかびあがらせ、ぬかるんだ泥に沈む白いものを点々とかがやかせている。村人の骨だ。四角形のしゃれこうべたちが、真っ黒な目の穴を私にむけていた。側頭部と後頭部のつるりとした表面が見事に角ばっている。

僧の話をおもいだしながら私はあるいた。傾いて崩れかけている家を草木がおおいかくそうとしている。陰惨な土地も、今はもう野にかえろうとしているようだ。

暗闇のむこうに人の気配があった。満月の明かりがとどかない場所に、だれかがかくれている。気のせいなどではない。私はこわくなり、みんなのいるところへもどろうときびすをかえす。

「待ちな」

男の声だ。暗闇からぞろぞろと男たちが出てきた。全部で五人、私を前後左右から取り囲む。いずれも腰に切れ味のわるそうな刀をさげていた。山賊の住処で見かけた顔がまじっている。

「こんなところにかくれていやがったのか」

「まちがいねえ、こいつの着物には見覚えがあるぞ」

「ほかの奴らはどこだ？　隠れ家の場所をしったやつは、生かしちゃおかねえ」

「だれかにしゃべられちまうと面倒だからな」

おそろしさに腰がぬけてしまい、その場にへたりこんでしまう。男たちは、私の着物をつかんで、無理矢理に立たせようとした。

「ひ、ひぃぃぃ！」

なさけない声がもれてしまう。私の様子が滑稽《こっけい》だったのか、男たちがわらいだす。

「話にならねえ。殺しちまえ。こいつの足跡をたどれば、ほかの奴らの居場所まで行けるはずさ」

正面にいた男が刀を抜いた。ほかの男たちが私から距離をおく。邪魔にならないようにという配慮だろうか、それとも血を浴びないためだろうか。私は土下座をして命乞《こ》いをした。男たちの心にひびいた様子はない。男が刀をふりあげる。切れ味のわるい刀は私を一度では殺せないだろう。何度もたたきつけて骨を折るように切り殺されるにちがいない。目をつむって、その瞬間に備える。しかし刀が振り下ろされるよりも前に、男たちの声がした。

「なんだ？」

おくれて私も気づいた。どこからともなくお経が聞こえてくる。幼い子どもの声だった。言葉というものの輪郭が溶けてからみついてくるような音だ。暗闇のむこうから、ぬかるんだ地面をふみしめて、僧があらわれた。さきほどまで私のそばで横になっていた若い僧である。しかし彼の口元はうごいていなかった。唇はむすばれたまま、言葉を発してなどいない。それなのに彼のいる方からお経の声は聞こえてくるのだった。

「なんだよ、坊さんか、あっちにいってろ」

「すこしの間、まってな。すぐに死体をつくってやるからよ。あんたの仕事はそっからだろ」

「いやまて、顔を見られちまった。こいつも殺さねえと」

山賊たちは刀を抜いて切っ先を僧にむけた。

「お逃げなさい、今ならまだ間に合います」

僧は私に言ったのではない。山賊たちをにらみつけて放たれた言葉である。しかしその声に違和感があった。嗄れてなどいなかったのである。凛《りん》としたその声は、男のものというより、女の声のようだった。僧がしゃべっている間にも、お経は途切れることなくつづいている。よく見れば僧衣がはだけていた。その胸元に乳房が見える。ようやく気づいた。その人は女だったのだ。もしかしたら、女の声をかくすためにわざと嗄れた声を出していたのかもしれない。大きめの僧衣を身につけているのも、体の線を見せないためだろうか。

ふたつの乳房の間に、おぞましいものがくっついていた。そのことに全員が気づいて、私だけでなく、山賊たちもあとずさりをする。僧の胸に赤ん坊のようなものがへばりついていたのである。母親にだっこされる赤ん坊のような格好で、体の大部分は僧の体に同化し、溶け合い、境目は皮膚によってなだらかにつながっている。頭の片側は僧の胸に沈み込んでおり、もう片方しかこの世にあらわれてはいないが、その口元はなんとか見える範囲にある。剃髪《ていはつ》された丸い頭の女が、白々とした月光に照らされながら、胸にへばりついてお経を唱えている赤ん坊を愛《いと》おしそうになでる。その姿は神々しく、内側からかがやいているかのようだった。

気づくと山賊たちがおとなしい。ぼんやりとした顔つきになり、手から離れた刀が、落ちて地面に突き刺さった。

「かわいそうに」

女が言った。

「私にはとめることができないのです。これが勝手にやっていることですから」

僧衣をただすと、胸元の赤ん坊が見えなくなった。しかしお経はつづいている。もはやそれは言葉ではない。純粋な音である。

山賊が血を吹いた。目からも赤い滴が流れ出して頬をつたう。しかし痛がっている様子はない。それどころか歓喜にうちふるえているかのような表情だ。次第に彼らの腹がふくれてきた。着物がはちきれんばかりになり、丸々とおおきくなって、ついに、ぱんとはじけた。体のなかのものをばらまいて、山賊たちは地面にたおれたのである。

「耳彦、そろそろ起きなさい。出発が遅れてしまうよ」

私はうめきながら目をあける。板の間に寝転がっている私を、和泉蠟庵がゆさぶっていた。飯の炊けるにおいと、味噌の香りがする。輪が竈の鍋に、和泉蠟庵秘蔵の味噌を溶かしているところだった。起き上がり、額の汗を拭い、周囲を見まわす。拍子抜けした。僧の姿が見当たらなかったせいだ。私はため息をもらす。

「……なんだ、夢か」

「夢？」

「そうです。私は夢を見ていたようです。ああ、そうか、そうだよな。あんなこと、おこるはずがないではないか……」

ひとりごとをつぶやいていると、飯の支度をしながら輪が言った。

「おこるはずがない？　まっとうな仕事についた夢でも見ていたんですかねえ」

私が文句のひとつでも言おうとしたら、先に和泉蠟庵が聞き捨てならないという顔で声を出す。

「私の旅のつきそいが、まっとうな仕事ではないような口ぶりではないか」

「蠟庵先生、まっとうな仕事は、山賊に追いかけられたりしませんよ」

「……たしかに」

和泉蠟庵は腕組みをする。顔をあらってこようとおもい、立ち上がった拍子に、土がぱらぱらと床板にちらばる。着物に大量の泥がついていた。なんだこれは、いつの間に、と私は首をかしげる。眠る前はこのようになってはいなかった。泥がかわいたら、このような汚れかたになるだろう。そしてふと気づく。夢のなかで私はぬかるんだ地面に土下座をしていた。

「それにしても、どこに行っちゃったんでしょうね」

輪と和泉蠟庵の会話が聞こえてくる。

「朝のうちに用事をすませて、さっさと帰ってしまったのだろう。私たちを起こすのも気が引けたのかもしれない」

「……いったい、だれのことを言ってるんです？」

答えを予期しながらも、私は聞いてみた。和泉蠟庵がこたえてくれる。

「寝ぼけてるのか。昨晩、お坊さんがいらっしゃったじゃないか。ほら、この村の忌まわしい習慣についておしえてくださっただろう」

私は裸足《はだし》のまま土間におりると、引き戸をあけて外にむかって飛び出した。和泉蠟庵と輪が首をかしげて私の行動を見ている。地面に四角形のしゃれこうべがころがっていた。ぬかるみに足をとられながら、山賊に囲まれた場所へむかう。そこにははたして、無残な死体が五つころがっていたのである。

和泉蠟庵が、四角いしゃれこうべをひろいあつめていた。雨のおかげでやわらかくなった地面を掘り、埋もれていたものを一個ずつ手にとり、ちかくの大木の根元にならべてやる。輪が無言でその作業を手伝い始めた。気味がわるかったけれど、私も二人にしたがった。山賊たちの死と、僧の正体について、すでに二人には話している。

「あのお坊さんが、昨晩、私たちのところを訪れたのは、はたして偶然だろうか」

しゃれこうべをならべながら和泉蠟庵が言った。

「どういう意味です？」

「もしかしたら、この村にやってくる者を、どこかで見張っていたのかもしれない。たとえばあの家だって、用意されていたものかもしれない。竈から不自然なくらいに煙が出ていただろう？　火であぶられると煙の吹き出る薬でも塗っておいたのではないかね。そうすれば煙が目印となり、だれかが村にいると遠くからでもわかるだろう」

「もしそれがほんとうだったとして、あのお坊さんは、なぜ見張っていたのです？　こんな村の跡地に、だれが来るんです？」

「あの人はこう言っていた。何人かの大人たちが生きのびたと。妹同然の娘を殺し、肉を食べるように決定したのは、たしか村長だったそうじゃないか。しかし村長も逃げのびたのだ。今もまだ、その復讐《ふくしゅう》の相手を捜しているのかもしれない」

村長は私腹を肥やし、大金を家に隠していた。それを置いて逃げ出したのであれば、いつの日か、大金を回収するためにこっそりもどってくることだってありうる。

「あの家は、この村にもどってきた村人を狩るための場だったのかもしれない。昨日、あの人は、家から煙が立ち上り、明かりが点《とも》っているのを見て、復讐の相手がもどってきたのかもしれないと様子をたずねてきたというわけだ。もちろん、何の確証もないけれど」

私はおもいだす。僧が訪ねてきたとき、家の中にいる私たちの顔を見て、あの人は、ほっと安堵《あんど》するような表情をしていた。復讐の相手ではないとわかって、緊張を解いた故の表情だったのではないか。性別をかくして僧の格好をしていたのは、復讐の相手に姿を見られても、すぐには自分だということがわからないようにしたかったからなのかもしれない。

しゃれこうべが大木のまわりにあつまった。側頭部と後頭部、そして頭頂部が平らであるため、まるで箱詰めされるのを待っているかのように整列している。子どもたちの体を変形させ、育てていた大人たちの、なれの果てである。決して悪意があったのではない。愛情深く育てていたというではないか。だから彼らを不気味におもう反面、敬う気持ちも同時に抱く。私たちは彼らにむかって合掌した。

# 鼻削ぎ寺

旅の最中、仲間とはぐれて一人になった。私だけが迷子にならず次の宿場町へとたどりつく。ほかの二人が今ごろどこをさまよっているのかはわからない。先頭をあるいていた和泉蠟庵《いずみろうあん》の迷い癖はたいしたものである。まっすぐな一本道だったのに、気づけばふらりと姿がなかった。彼のそばにいた輪《りん》という娘もいっしょに消えてしまった。

立ち止まって二人を待つべきか、それともはぐれた場所までもどるべきか、かんがえどころである。このような事態に陥ったときのため、輪からは少額の金をわたされている。これで当面の間、一人きりでも生きのびられるはずだ。だけどせっかくなので、手持ちの金を増やしておくことにする。私はその方法をしっていた。つまり、賽子《さいころ》だ。

それからいろいろあって、宿場町の外れで私はうずくまることになる。輪にわたされていた金はなくなり、旅の荷物もすっかりとられてしまった。賽子に仕掛けでもしてあったのにちがいない。頰を涙で濡《ぬ》らしながら、これからどうしようかと困窮していると、立看板にあつまっている人々が見えた。

人相書きの紙が貼ってある。近隣の町や村で悪さをしでかした男がいるらしい。そいつの背丈や見た目の歳や身体的な特徴が書き並べられている。首のあたりに紫色の痣《あざ》があるらしい。そいつを見かけたら役人に届け出るようにとのことだ。

文字を読めない町民のため、人相書きを口に出して読んでやった。私は字を読むことができた。旅をしながら和泉蠟庵におそわっていたからだ。崩れて判読しにくい文字さえも、私の手にかかれば造作も無い。

「蠟庵先生、さすがおしえ上手ですね。耳彦《みみひこ》さんに文字をおしえるのは、猿に躾《しつけ》をするよりも難しかったはず」

かつて、すらすらと字を読める私を目の当たりにして、輪もおどろいていたものである。

極悪人の人相書きを読み上げる私に、町民たちが礼を言った。

「ありがとうよ、顔色のわるい兄ちゃん。ところでこの男は、いったい何をしでかしたんだ？」

人相書きにはそいつの残虐非道な行為も書かれている。そいつを読んでみせたら、みんながおびえたような顔つきになった。放火、窃盗、恐喝、強盗、殺人、強姦《ごうかん》……。おまけに殺した相手の鼻を削《そ》いで持ち去ることから、そいつは鼻削ぎ平次《へいじ》などという別名で呼ばれているという。

無一文の私はさまようことになった。町外れの家の前でうずくまっていると、陰気くさいからどこか他のところに行けと蹴《け》られてしまう。道ばたで座り込んでいると、行き倒れの死体だとおもわれ、人を呼ばれてしまう。畑の横に倒れて寝ていたら、ぼろ布が落ちていると誤解され、落葉を寄せ集められていっしょに燃やされそうになった。

腹が空いて頭をぼんやりとさせながら、石段をあがった先に古寺を見つけた。苔《こけ》むした石灯籠《どうろう》に寄りかかりながら境内を移動し、お堂へとたどりつく。そこで行き倒れた私のところへ、作務衣《さむえ》姿のお坊さんがやってきて体をゆすって声をかけてくれた。事情を説明すると、お坊さんは寝床と食事を用意してくれる。ほとんど白湯《さゆ》のようなうすい粥《かゆ》だったが私にはごちそうだった。

古寺に住んでいるのはこのお坊さん一人だけのようだ。私は正座をして何度も礼を言う。しかし気になる点がなかったわけではない。こちらが感謝の意を示しても、彼はよそよそしく目をそらすのだ。

「いやいや、いいのだ。かまわんさ」

筋骨隆々のため、あぐらを組んでいる姿は、お坊さんというよりも山賊のようであった。剃髪《ていはつ》して間もないのか、頭皮は青々としている。厠《かわや》を借りようと案内してもらったのだが、彼は廊下をまちがえて他の部屋の引き戸を開けていた。もしかしたらお坊さんになってそれほど日数がたっていないのかもしれない。この寺にやって来たのはつい最近のことで、厠の場所をおぼえていないのかもしれない。などと私はかんがえる。

夜が更けて、あてがわれた布団で眠ろうとしていたら、外から音が聞こえてきた。起き上がり、障子窓の隙間から外を見る。月明かりの下でお坊さんが土を掘っていた。いったい何をしているのかとながめていたら、筵《むしろ》にくるまれたものをはこんでくる。地面に置いた拍子に筵の端がめくれあがって、くるまれていたものが露《あら》わになった。お坊さんは気にせず、掘った穴にそいつを蹴落として土をかけ始める。

私は夢でも見ているのだろうとおもいこんで布団にもどる。目をつむってもしばらくは、筵にくるまれていたものの姿が瞼《まぶた》の裏にのこっていた。月明かりの下でお坊さんが穴に蹴落としたのは、鼻を削がれた老人の死体だった。

夢だ。夢にちがいない。しかし眠れないまま朝になる。雀の鳴き声を聞きながらそっと布団を抜け出した。お坊さんに挨拶《あいさつ》しないまま、こっそりと寺をはなれることにする。

見つからないように廊下を移動して外に出た。しかし運悪く、井戸水で体を拭《ふ》いているお坊さんに出会ってしまう。私は何事もないふりをして頭をさげる。一晩の寝床と食事のお礼を言った。しかし口がふるえて歯が鳴ってしまう。

「昨晩は、ゆっくり、休めたか？」

お坊さんは笑みをうかべながら私にちかづいてくる。あらためて対峙《たいじ》すると、熊のような大男だった。人相書きの身体的特徴を私はおもいだす。頭こそ丸坊主だったが、背丈や見た目の歳などが一致している。何よりもそいつの首には紫色の痣があった。井戸水で体を拭いていたそいつは上半身をはだけさせており、体中の傷が露わになっている。私にちかづくと、骨を砕くほどの力で肩をつかんだ。

「それより、おまえ、見ていただろ」

「な、何のことです？」

しらないふりをしたが、そいつは低い声を出しながら私の鼻をつまんだ。

「俺が死体を埋めてるところを見ていただろ？　おい、正直に言わねえと、削いじまうぞ」

二

鼻削ぎ平次というのは本名ではなかったらしいが、その通り名を彼は気に入っているようだった。各地を転々としながら悪事をはたらいていたところ、身をひそませていた旅籠《はたご》にまで役人の手がのびて、這々《ほうほう》の体《てい》でこの古寺まで逃げてきたのだという。

古寺の本来の住職は、彼が罪人であることもしらずに親切心から泊めてくれたそうだ。しかしその晩、鼻削ぎ平次は住職を殺してしまう。彼は妙案をおもいついた。坊主になりすましてしばらくじっとしていよう。役人の目がどこか他の地域へとむかうまでの辛抱だ。近隣の者たちがやってきたら、前の住職は旅に出たとでも言えばいい。自分はそのかわりにこの寺をまかされている弟子の坊主だと彼は言い張るつもりだった。私が古寺のお堂にたどりついて行き倒れになったのは、この悪党が坊主になりすましてすぐのことだった。夜中にそいつが埋めていた死体は、寺の住職のものだったのである。

私の監禁された蔵は、古寺の敷地の奥まったところにあった。それほどおおきなものではないが、横になれる程度の広さはある。明かり取りの窓もないためにいつも暗く、風が入ってこないので息苦しかった。壁は頑丈なつくりで、体当たりしてもびくともせず、壊して穴をあけることはできそうにない。蔵の中には鍬《くわ》や鋤《すき》といった畑仕事の道具は保管されておらず、木箱に詰められた仏具が積み上がっている。

出入り口は一箇所だけだ。正面に観音開きの扉があった。蝶番《ちようつがい》もしっかりとしたものので、こちらもやはり体当たりをしても壊れる様子はない。扉板のわずかな隙間から、外の明るい日差しが入ってきて蔵の中に線をひいた。この扉は外から閂《かんぬき》によって閉ざされている。連れてこられたときに見たのだが、閂は頑丈な棒を上から金具に落として引っかける仕組みだった。

私はそこからただの一度も出されないまま生かされる。鼻削ぎ平次はことあるごとにやってきて「大声を出して助けをもとめようなんておもうな。そんなことすれば、すぐさま殺してやる」と脅した。食事と水は観音開きの扉の隙間から入れられる。隙間は爪の厚みほどしかなかったが、後ろが透けて見えるほどに薄く切った野菜ならそこを通り抜けられた。差しこまれた薄切りの大根を私は大事に時間をかけて噛《か》んだ。

「俺は野菜の薄切りをやるのが得意なんだ。死体の鼻を削いでいるうちに刃物の使い方が上手になったのさ。大根を一枚の巻物みたいに薄く切ることだってできるんだ」

水は手拭《てぬぐ》いに含ませて隙間から入れられた。蔵の中に濡れた手拭いをたぐり寄せ、口の上で絞ると、水滴が落ちてきて喉《のど》がうるおった。水滴が出なくなったら、そいつをまた扉の隙間に差しこんで、外で鼻削ぎ平次がたぐりよせて回収する。

困ったのは自分の小便と大便の処理である。これぱかりは扉の隙間から外に出すのもむずかしい。厠に行かせてくれとたのんでも、鼻削ぎ平次は私を出してはくれなかった。我慢できず、蔵の中に保管されている木箱のひとつに用を足した。保管されていた仏具は糞尿《ふんにょう》まみれになる。木箱に蓋《ふた》をしても臭いは閉じこめきれず、蔵の中は常に悪臭が充満し、やがて白い蛆《うじ》が這《は》うようになった。寝ていると髪の毛の間や口の中にまで蛆が入ってきてはじめのうちは辟易《へきえき》したものだ。しかし空腹に耐えきれずそいつらをつまんで食うようになった。厠の中で私は寝起きしているようなものだった。息をするため、私は扉の隙間に口をつけた。

「おい、耳彦、まだ生きてるか？」

「……へい」

「今度はこいつをたのむ」

「……わかりやした」

鼻削ぎ平次は一日のうちに何度かやってきて紙切れを扉の隙間から差し入れる。私は蔵の中で死人同然の状態だったが、なんとか返事をし、そいつを受け取る。扉の隙間から差しこむ外の明かりに紙切れをあてて、そこに書いてある文字を読み上げた。それはお経だった。本来の住職が写経したものだろうか。この悪党は、経本からやぶりとったものを一枚ずつ持ってきて私に読み上げさせたのである。

私が生かされていたのは、字が読めたからに他ならない。鼻削ぎ平次は坊主になりすまそうとしたが、お経というものをただの一行も諳《そら》んじることができなかった。しかし近隣の者がやってきて、坊主らしいことをしなければならなくなったとき、このままでは困ると彼はかんがえたのだ。旅に出た住職のかわりに、念仏を唱えてほしいとたのまれることがあるかもしれない。そのような場合にそなえて、鼻削ぎ平次はお経を学ぶことにしたのである。住職の部屋で経本を見つけたが、文字の読めない彼には、書いてある言葉を口に出して読んでくれるだれかの存在が必要だったというわけだ。

蛆にまみれながら達筆な文字をひとつずつ私は読み上げる。覇気《はき》のないぼそぼそとした声の念仏が悪臭の充満する暗闇で反響する。そのうちにそれが自分の声なのか、あるいは暗闇の奥でだれかがそれを唱えているのか、わからなくなる。

扉の向こう側のお日様の明るい場所で、偽坊主が私の真似をして復唱する。それから高圧的な声がする。

「そいつを返せ」

私は紙切れを隙間に差しこんで外に送り出す。扉のむこうで彼が紙切れをひっぱり、文字をながめるのが気配でわかる。耳で聞いた念仏の音と、書いてある文字とを一致させようとしているのだろう。

「もう一回、読め。いや、一回じゃ足りない。何度でも読め。そのためにおまえの命はあるとおもえ。これまで信心深さを笑っていた俺に、念仏をおしえるためにおまえは殺されないんだからな」

ありがたい言葉の書かれた紙切れが、そうやって扉の隙間を何往復もして、鼻削ぎ平次の気が済んだらおしまいとなる。そんな日がいくつもつづいて、気づくと私もお経を暗唱できるようになっている。空腹と悪臭で起き上がる気力もなく、真っ暗な閉ざされた蔵の中で横になり、私は一晩中、念仏を唱える。仏様がやってきて私を救ってくださる夢を何度も見た。蛆が体中を這う感触で夢から覚める。

野菜の薄切りや水をくれるとき、鼻削ぎ平次が話しかけてきた。

「俺がなぜ殺した相手の鼻を削ぐのかおしえてやろう」

興味は無かったが、返答する元気もなく、私は濡れた手拭いを懸命に絞って水滴を出す。

「鼻を削いでしまえば、殺した相手の顔がわからなくなるだろう？　そうすると、きれいさっぱり、わすれることができるのさ、殺した相手のことを。前に鼻を削がないで逃げたときがあったんだけどよ、相手の死に顔がしばらくちらついて嫌なもんさ」

話によれば、削いだ鼻はすべて持ち帰り、壺《つぼ》の中で塩漬けにして保管していたという。拠点を移動するときはかならず壺もいっしょだったのだが、先日、そいつを無くしてしまったそうである。

「かくれていた旅籠に役人たちがやってきたんだ。荷物も持たずにあわてて逃げてきたもんだから、壺は部屋に置いてきちまった。惜しいことをしたもんだ。旅籠の押し入れの奥の方にかくしておいたから、まだそのままになってるかもしれねえ」

古寺を訪れる者はおおくなかった。私が監禁されている間にも何人か訪ねてきたようだが、幸いにもお経をあげてほしいという依頼はなかったようだ。念仏を最初から最後まで暗唱できるようになったなら、私はここから出してもらえるのだろうか。そのような期待を抱いていたが、鼻削ぎ平次にそのつもりはないらしい。

「どうやらお経にはいくつも種類があるみたいだな。いろんな経本が坊主の部屋から見つかったぜ。いつ、どんなときに読むんだろう。ともかくそいつを全部おぼえたら、おまえを楽にしてやるよ。安心しろ、俺がおぼえたてのお経で供養してやる。鼻だってみんなとおなじように削いでやるさ」

三

観音開きの扉の隙間に目をこらすと、外の明るい日差しが真っ白な縦線になって見える。しかし臍《へそ》くらいの高さでそれが一旦《いったん》は途切れていた。外側に閂の棒が横たわっているからだ。それを何とか外そうと試行錯誤してみる。蔵の中に保管されている木箱をあけて、利用できる道具がないかと探してみた。扉の隙間を通り抜けて、閂の棒を引っかけて持ち上げられるような、薄くて頑丈なものはないだろうか。しかしそういうものは見当たらなかった。

木箱の表面を歯で齧《かじ》り、先端の鋭い鏃《やじり》状の木片を手に入れる。そいつを奥歯で噛んでみたり、爪で形をととのえたりして、扉の隙間に差しこんでみるが、閂の棒へ達する前に薄さが足りなくて詰まってしまう。それでも力ずくでねじこもうとするが、かならず折れてしまった。

それなら糸はどうだろうか。着物を脱いでほつれた箇所からほそい糸を引っ張り出し、私は糸を入手した。そのままではすぐに切れてしまいそうだったので、数本を編んで頑丈にする。それを扉の隙間に差しこんで、先端を薄くした木片で押し出しながら外へたらしてみる。糸の先端が閂の棒の向こう側へと下がって風にふかれてゆれるのが見えた。ここまでは順調にいった。そいつをもう一度、なんとかして、隙間をくぐり抜けさせればいい。糸が閂の棒をぐるりと引っかけて蔵の中へもどってくるようにしむけてやるのだ。それから蔵の内側で糸の両端をしっかりとつかみ、上にむかって持ち上げれば、閂の棒を金具から外すことができるかもしれない。

しかし、外にたれさがった糸を、もう一度、蔵の中へと引きこむのがむずかしかった。風でゆれている糸の先端を、箸《はし》のようなものでつまんで引っ張ってこられたら良いのだが、扉の隙間を通り抜けられるような薄さの箸は手元にない。糸で輪っかをつくり、そいつで引っかけて蔵の中に引きこむことはできないだろうか。輪っかにした糸は、縦にすれば隙間を通り抜けることができる。隙間を通り抜けたら、ぐるりと横に回転させて、たれさがる糸を輪っかに通すのだ。輪っかの形がくずれないように、蛆をつぶしたときの汁をなすりつけて乾燥させておいた。しかしうまくはいかなかった。風にゆれている糸の先端は、ぶんぶんと暴れ回り、つかまえられなかった。たとえ風のない日でも、ほとんど外の見えない状態で、輪っかに糸を通すのはむずかしい。暗闇のなかで針穴に糸を通すようなものだった。だけどあきらめきれるものではない。鼻削ぎ平次がいないとき、私はいつも糸を外にたらした。輪っかの形にした糸を下で待ち受けさせて、そこに引っかけようとやってみる。いつかそれがうまくいって、逃げられるかもしれないという望みこそが、私の頭をまともに保たせていた。

気を抜けば恐怖でどうにかなってしまいそうだった。蔵の中は私の糞尿の腐った臭いが充満して息をするのさえむずかしい。日中は蒸し暑く、大量の蛆が壁を這いまわり、天井から雨粒のように降ってくる。

ある日、外から子どもの声がした。扉の隙間に耳をちかづけて、外の物音に耳をすます。何人かの子どもたちが、寺の境内でかくれんぼをしているようだった。やがて足音がひとつ、蔵のそばまでちかづいてくるではないか。

「た、たすけてくれ……！」

おもわず声を出していた。足音が立ち止まり、少年の声が聞こえる。

「え？　だれ？」

「ここだ。蔵の中だ。閉じこめられているんだ」

悪臭に咳《せ》きこみながら声を出す。子どもが蔵にちかづいてくるのが気配でわかった。

「ここにいるの？　なんだか、ひどい臭い」

「たのむ、門を外してくれ。急ぐんだ。坊主が来ないうちに」

「どうして閉じこめられてるの？」

「あの坊主は悪いやつなんだ。もう会ったか？」

扉越しに子どもと話をすることができた。利発そうな声だった。顔立ちなどはわからなかったが、その子が扉の前に立つと、隙間を通り抜けてくる日差しが遮られた。

「あたらしく来たお坊さんのこと？　あの人、だいすきだ。あそんでくれるからね。木を削って、いろんな玩具《おもちゃ》をつくってくれる」

「あいつは人殺しなんだ。だれか大人たちにそう言ってきてくれ。いや、ともかく門を外してくれればいい。たのむ、おねがいだ」

しかし私の願いは叶《かな》わなかった。その子が急にくぐもった声を発して、しゃべらなくなったからだ。

何かをひきずるような音がした。しばらくしずまりかえっていたかとおもうと、今度は鼻削ぎ平次の声が聞こえてくる。

「かわいそうに、おまえが話しかけなかったら、まだ生きられたものを」

他の子どもたちが、かくれんぼでいなくなった子を捜す声が暗くなるまでつづいていた。真っ暗になってからは、大人たちが子どもの名前を呼びながらこの周辺を捜しまわっている。鼻削ぎ平次もまた、みんなといっしょになって寺の周辺をあるいていた。

翌朝、鼻削ぎ平次が蔵の前にやってきて私に言った。

「死んだ子どもが見つかったらしいぞ。野犬に顔を食われて人相がわからないって話だ。だけどおまえにだけはおしえておいてやる。そいつの顔を食ったのは野犬なんかじゃねえ。俺がわざわざ顔の肉を嚙みちぎっておいてやったのさ。だってそうでもしておかねえと、鼻を削いだ跡が目立っちまうものな」

私は嘔吐《おうと》した。恐怖と後悔で悲鳴をあげそうになるが、息を吸った瞬間、糞尿の腐った臭いでむせてしまう。

「今日はこれからそいつのためにお経をあげにいかなくちゃならねえ。おおぜいの前で念仏を唱えるのは、はじめてのことだ。俺が坊主なんかじゃないってばれたら、すぐさま逃げなくちゃな。だけどその前にここへもどってきてお前を殺してやるぞ。皮肉なもんだ。殺した俺が、殺された子どものために念仏を唱えるなんてなあ」

扉の向こう側で偽坊主は愉快そうに笑った。

この寺がいかなる宗派に属しているのかわからないが、鼻削ぎ平次が住職の部屋から見つけてきた経本は五冊ほどあった。それぞれに内容の異なったお経が書き写されている。そのうち一冊の冒頭部分を声に出して読んでみると、聞いたおぼえのある音の響きがあった。確かにそれは僧侶《そうりょ》たちがいつも唱えているお経である。鼻削ぎ平次はお経をいくつか暗唱できるようになってはいたが、その内容まではおそらく理解していないだろう。いくつもあるお経を、どのように使い分けるべきなのか、そのような説明はどこにも書かれておらず、だれか知識のある者におそわる以外になさそうだった。

死んだ子どもは、かくれんぼをしている最中、寺の裏にひろがっている山へと入り、斜面を滑落して首の骨を折ったことになっていた。通夜の席で坊主として呼ばれた鼻削ぎ平次は、おぼえたてのお経を死者の前でそれらしく唱えてみせたらしい。細かい作法はわからなかったが、だれにも見透かされることなく、咎《とが》められることなく、最後まで念仏を口にし、坊主らしく手をあわせて通夜を済ませたようだ。

お経を聞き分けて、いつもの作法とちがうなどと、文句《かた》を言う者はいなかった。それは全員にとって良いことだったにちがいない。坊主を騙る偽者だとばれたら、あの男は、その場にいる全員を口封じしていたかもしれないではないか。

「あいつらは今晩、死んだ子どもにつきそって朝まで起きているつもりらしい。この土地にはそういう風習があるんだってな。俺はちっともそういうしきたりをしらないんだ。明日、棺《ひつぎ》に骸《むくろ》を入れて埋めるらしいんだが、そこにも俺は顔を出さなくちゃならねえ。坊主ってやつは、人が死ぬといそがしくなりやがる」

鼻削ぎ平次は日が暮れたころにもどってきた。蔵の中はいつも暗かったので、昼も夜も関係なかったが、扉のあわさった隙間から外の明るさを察することができる。扉のむこうから聞こえる鼻削ぎ平次の声はご機嫌そのものだった。

「みんなから感謝されるってのはいいもんだな。念仏を聞かせてやっただけで、よろこんでくれる。こんな俺のことを、ありがたがってくれるんだ。みんなに念仏を聞かせるために、また、だれかを殺したっていいくらいさ。ところで、ちょいと頼みがある」

扉の向こう側に行灯《あんどん》が置かれているらしく、炎の明かりが扉の隙間から、ちらちらと見えた。私は暗闇や蛆や悪臭と同化して、気を抜けば自分が人間であることもわすれそうな状態だったが、かすかにのこっていた理性が、鼻削ぎ平次の話に耳をかたむけさせた。

「通夜で坊主のふりをしてわかったんだが、俺は葬儀のしきたりを何もしらねえ。この土地に来たばかりだからと、何もわからないふりをして今日は乗り切ることができた。だけど年寄りにいいことを聞いたんだ。前の住職が、しきたりについての覚書《おぼえがき》をのこしていたらしい。そいつには出棺の手順や作法、やってはいけないことなんかが、すべて書いてあるらしいんだ。さっそく部屋をひっかきまわしていたら、それらしい紙をいくつか見つけたぞ。こいつを今晩中におまえに読んでもらって、頭のなかにたたきこんでおきたいんだ」

彼が坊主のふりを続けていくためには、それらをおぼえておく必要があるらしい。さっそく扉の隙間から紙片が差しこまれた。外から漏れてくる行灯の弱々しい明かりにかざす。達筆な文字で、葬儀の作法が記されている。

そのとき頭に妙案がうかんだ。私は賭《か》けに出る。

四

蛆をはらいのけながら覚書を読む。入棺の前には湯かんが行われるという。肉体を清めた後、白布で縫ったひとえの着物を着せる。棺に米を入れた白布の袋やわらじを入れる。家から棺を出す際は、いつもの出入り口は使わず、竹や葦《よし》で仮門を作ってそこから出すようにする。門前で火をたき、これを門火と呼ぶ。死者がふたたび家に帰って来ないようにするまじないであり、葬列の帰りに行きとは異なった道を通るのと同じ理由であるという。棺が墓地に到着したら、棺を左向きに三回転させ、死者の頭を北に向けて墓穴に埋める。喪主に続き、死者と血縁の濃い順に土をかける。

「これまで俺は葬式の手順に興味なんかなかったが、なんのこっちゃねえ、俺が殺した相手の鼻を削ぐのといっしょじゃねえか。死人が起き上がってくるのがこわいのさ。俺は自分勝手にしきたりを作って安心していたのかもな。おい、そいつをよこせ」

私は扉の隙間から外に紙片を送り出す。鼻削ぎ平次がそいつを外から引っ張って受け取り、字面をながめている気配がある。耳で聞いた内容を字面と照らし合わせているのだろう。この男は頻出する簡単な語句をいくつか読み取れるようになっていた。

しばらくして同じ覚書の紙片が、また送りこまれてくる。

「もう一度、読んでみてくれ。それから次の紙だ。住職がのこしてやがった覚書は、まだまだたくさんあるぞ。しかし、物をおぼえるってのは楽しいもんだな。しきたりを学んで坊主らしく振る舞えるようになれば、みんなも俺のことを受け入れてくれるかもしれねえ。役人さえ来なければ、俺はここでおだやかに暮らすことができるかもな。そんな風になれたらいい。どこか一箇所にとどまって暮らせるなんて、夢みたいだな」

耳を疑った。お前のような化け物が受け入れられるものか。お前がおだやかに暮らすなどおぞましい。子どもを殺し、泣いている親の前に平然と出て行って、坊主のふりをするお前ほど、業火に焼かれるのがふさわしい人間はいない。だけど卑屈な私はそんなことが言えるわけもなく、這いつくばって言われたとおりに覚書を読み上げるだけだ。

鼻削ぎ平次の用意した行灯が、扉のすぐ外の地面に置かれている。紙片をできるだけ、隙間からもれる明かりにちかづけてやるため、うずくまるような格好《かっこう》で読まねばならなかった。

鼻削ぎ平次が見つけた紙片には葬儀に関係ないものもまじっていた。それらを除外し、一晩のうちに彼は十数枚の覚書を暗記した。一枚につき何度も読み上げさせられ、紙片は扉の隙間を何往復もする。私は飢えがひどく、悪臭で具合もわるかったので、気を失いかけながら声を出した。やがて夜明け前に鼻削ぎ平次は満足して勉強を打ち切った。出棺で気を遣うだろうからと、よく睡眠をとるために寝床へもどっていく。行灯が持って行かれて、あたりは真っ暗になった。

息をつめて朝になるのを待った。空が次第に明るくなる。観音開きの扉の隙間が、ほそい縦線となって暗闇に浮かび上がった。朝日が射し、そこにたれさがっている糸をきらめかせた。

着物のほつれめから引っ張りだした蜘蛛《くも》の糸のように極細の糸が、蔵の外で閂の棒をぐるりとまわりこんで、両端を蔵の内側にのばしている。私は大事にその糸を握りしめて涙をこぼした。

一本だけ、なんとか成功した。ひそかに何度も仕掛けておいたのだが、無事にもどってきた糸は一本きりだ。行灯の弱々しい明かりのなかだったら、あの男にも気づかれないかもしれないと判断し、私はそれをおこなった。覚書の紙片を差しこまれたとき、その文字を読みながら、紙片の隅のできるだけ目立たない位置に爪の先で裂け目をつくっておいたのである。そこに着物の糸を引っかけ、紙片を蔵の外に送り出した。いつもの勉強のやり方から、一枚の紙片が蔵の外と内を行ったり来たりするだろうと期待していたが、やはりその通りになった。鼻削ぎ平次が糸に気づかないまま、紙片を蔵の中に差し戻したとき、糸もいっしょにくっついて戻ってきたというわけだ。

私はうずくまるような格好で隙間から外に紙片を出したから、閂の棒よりも低い位置から糸が出ていく。紙片を受け取った鼻削ぎ平次は、突っ立った状態で字面をながめていたから、閂の棒よりも高い位置から隙間に差しこんでくれた。結果的に糸は閂の棒をぐるりとまわりこんで引っかかってくれた。

後はこの糸を利用して閂の棒を金具から外せばいい。すぐにでもそうしたくて気が急《せ》いてしまう。しかし鼻削ぎ平次が寺からいなくなるのを待たなくてはならなかった。物音をたてて気付かれてはならないし、その前に準備しなくてはならないことがある。

紙片に引っかけておいたのは、暗闇にまぎれるよう、着物から引き抜いたばかりの極細の糸だった。しかしこの一本きりでは閂の棒を持ち上げられないだろう。重みに耐えきれず、切れてしまうにちがいない。そこでまずは頑丈な糸が必要だ。指の間を蛆が這うのを無視しながら、着物からするすると糸を引っ張りだし、それを幾本も束ねて編んだ。

朝飯の時刻になり、鼻削ぎ平次が薄切りの野菜と濡れた手拭いを差し入れる。閂の棒に引っかけた糸が気づかれないかと心配だった。蔵の内側から極細の糸をしっかりと引っ張り、たるみのない状態にしながら、朝飯を口に入れる。鼻削ぎ平次はこれから行う葬儀の準備のため、気がそぞろらしく、糸には気づかないまま立ち去ってくれた。ほどなくして出かけていく気配があり、寺はしずかになる。

そろそろいいだろう。私は蔵を抜け出すための行動に移る。閂の棒に引っかかっている極細の糸の一端に、さきほど編んだ糸を結んだ。もう一端を引っ張ると、頑丈な糸が外に送り出され、入れ替わるように閂の棒をぐるりとまわって蔵の中にもどってくる。しかし、数本を束ねたとはいえ所詮《しょせん》は糸である。私はこの糸の終端に、着物の帯を結びつけた。安物の貧相な帯なので、生地も薄く、扉の隙間を通り抜けられそうだ。編んだ糸であれば、帯の重みくらいなら切れずに支えてくれるだろう。一端を引っ張ると、帯がするすると外に送り出され、閂の棒を回り込んで、また蔵の中にもどってくる。

扉の内側で帯をねじり、閂の棒をかるく締め付けた。このまま扉の隙間にそって、ゆっくりと上にずらしてやればいい。私は息を止めて、力をこめた。

ずりずりと閂の棒が持ち上がる気配を見せた。成功だ。しかし、そう確信した瞬間、閂の棒は、途端にうごかなくなる。

帯がちぎれんばかりに力をこめる。持ち上げようとするが、どれほどがんばってみても、閂の棒はある高さより上には行かなかった。金具から外れる手前で、がっちりと何かにぶつかって、押さえ込まれてしまう。

足下の蛆を踏みつぶしながら、のこりの体力をふりしぼり、帯を上方向にずらす。半日ほどそれをやっても成果はなかった。やがてぶつんと音がした。帯がついに耐えきれなくなって切れる音ではない。私のなかで心を保っていたものが途切れる音だった。

虫の鳴き声が外から聞こえてきた。夕刻になっている。鼻削ぎ平次がもどってきた。扉の向こう側に立つ気配がある。閂の棒に巻き付いている帯を見られてしまったようだ。声が聞こえてくる。おまえ、逃げようとしたのか。残念だったな。釘《くぎ》を打っておいたんだ。閂が外れないようにな。

横になったままじっとしていた。そいつの声は物音とおなじだ。耳に入ってくるが、意味があるものとして響いてはこなくなった。生者の世界から自分が離れようとしているのがわかる。

それにしたって気分わるいぜ。舌打ちが聞こえる。葬式はうまくやったさ。念仏もそれらしく唱えられた。しかし、あいつら俺に文句を言いやがる。棺に入れるときのあつかいが乱暴だとか、坊主頭をさわりにきた幼子を突き飛ばすのが気に入らないとか。声をあらげて、どやしつけてやったら、あいつらはだまりこんで、急によそよそしく俺を見る。前にいた坊主は親切だったとか、いつになったら前の坊主がもどってくるのかとか、俺はちっとも好かれている感じがしなかった。やっぱりここでも、俺はだめなんだろうか。みんなとおなじように暮らすことなんかできないんだろうか。おい、聞いてるのか。

悪臭のする暗闇に横たわって、夢とも現世《うつつ》ともわからないところをさまよっていた。まるで水にでも浮かんでいるみたいな心地だ。

返事しねえなら、食い物も水もやらねえぞ。

粒々した蛆が私をおおっている。皮膚に穴をあけて体内へもぐりこんでこようとしている。私はもうじき腐るだろう。そうすれば好きなだけ食べればいい。

声が聞こえなくなる。どこかに行ってしまったようだ。気にせずに眠った。それから何日が過ぎたのかわからない。昼も夜も私は横たわっていた。頭の中にはどんな言葉もなかった。薄切りの野菜と濡らした手拭いも、もう差し入れられることはなかったが、かなしくはない。

暗闇に仏様らしき人影を見た。はじめのうちは遠くの方にいたが、次第にちかづいてくる。輪郭だけがわかったけれど、そのお顔は判然としない。私はもうじき、その方といっしょにあの世へ行くのだ。ただ待っていればいい。目をつむり不思議なほどの安らかさに包まれる。おおきな手のひらの上に横たわり、そっと握りしめてもらっているかのような、安堵感だけがある。

しかし不意に、蔵の扉が音を発した。軋《きし》むような耳障りな音は、打ち付けられた釘が引っこ抜かれる様をおもいえがかせる。鼻削ぎ平次の声が聞こえる。

くそ、いまいましい……。

暗闇の中に立っていた仏様らしき人影が消えてしまった。鼻がもげるほどの悪臭と、全身にのしかかって蠢《うごめ》いている蛆の重み、飢えによる倦怠《けんたい》感が私の体にもどってくる。瞼を開けた状態で横たわっていたので、目の前でおきている一部始終が見えていた。しかし半分は心が死んでいたので、遠い場所の出来事のように感じられる。

閂の棒が外され、蔵の扉が開いた。外は暗い。行灯が地面に置かれている。その明かりに照らされながら男が立っていた。作務衣姿の鼻削ぎ平次だ。そいつは顔をしかめて言う。なんだこの臭いは。それから私を見下ろす。やっぱり、死んでやがる。

蛆に全身をおおわれても、横たわったままうごかない私は、目を開けているというのに、死んでいるものと誤解されたようだ。鼻削ぎ平次は懐から小刀を取り出した。ああ、そうか、と私は頭の片隅で納得する。殺した相手の鼻を削がねばならない性分だったな。だからわざわざ私の鼻を削ぐためにやってきたのだな。

外から風が吹きこんだ。その清浄さに、ふと正気を取り戻す。

今、蔵の内側と外側がすっかりつながっている。あれほど私が望んでいた蔵の外が目の前にひろがっている。折れてしまった心が呼び戻された。鼻削ぎ平次は私が死んでいるものとおもいこんでいた。今なら油断しているはずだ。しかし体がうごくだろうか。ほとんど死んでいるような状態で長い時間、横たわっていた。空腹で力も出ない。それにむこうは刃物を持っている。返り討ちにあって死ぬかもしれない。だけど、かまうものか。やらなければどのみち死ぬ。

顔に張りついた蛆が口や鼻の穴を出入りしている。瞼を開けたままの眼球の表面にも這っている。それでも私はじっとしていることができた。鼻削ぎ平次が小刀を持って蔵に入ってくる。私の糞尿の腐った臭いに咳きこんでいる。ちかづいてきて、屈《かが》みこんで、私の髪をぐっとわしづかみにした。目の前に顔があった。そいつの目は、私の鼻にむけられている。どの位置に小刀を入れるか、かんがえているようだ。行灯の明かりが、そいつの首筋の痣を暗闇に浮かび上がらせている。

私はうごいた。頭でかんがえたというよりも、生きてやるというおもいが私を突き動かしたようにおもう。口の中に血がひろがった。私の血ではない。鼻削ぎ平次の流した血だ。そいつのおどろく声がおくれて聞こえてくる。小刀が振り下ろされて私の肩にささった。痛みなどもはや感じなかった。私はそいつの顔面に食らいついていた。顎《あご》の関節が軋んで、上下の前歯がごりごりと軟骨に達する。鼻削ぎ平次に蹴り飛ばされて、私はころがった。口の中にあった肉片を吐き出す。白い蛆の群れの中に、血まみれの鼻の頭がころがった。

鼻削ぎ平次は顔面を押さえてうめいていたが、蛆の塊で足をすべらせ、積んである木箱へと倒れ込んだ。今のうちだ。地を這うようにしながら私は外に出る。足がおもうようにうごいてくれず、四つん這いのような姿勢で移動する。

蔵の外に体が出て、清浄な風に全身がつつまれる。しかしこのまま逃げようとしても追いつかれてしまうにちがいない。目の前に閂の棒がころがっていた。これを使うしかない。力をふりしぼり、腕をのばし、開いている扉を閉めようとする。まずは一枚、そしてもう一枚。観音開きの扉を閉ざすとき、鼻削ぎ平次が起き上がるのが見えた。閂の棒を持ち上げ、金具に引っかける。間に合った。直後、扉の内側から、どしんと力強い衝撃が来る。私と入れ替わるように、鼻削ぎ平次が閉じこめられた。

これでもう安心だ。私は安堵する。熊が叫んでいるかのようなおそろしい声が聞こえた。何回も、何回も、鼻削ぎ平次は蔵の内側で、扉に体当たりをしていた。扉板や蝶番はびくともしない。しかし閂の棒が、みしみしと軋んでいる。

まさかそんなはずがない。この男は出てきてしまうのか。力任せに閂の棒を折ってしまうのか。そうなったらもう私はおしまいだ。すべての気力と体力は使い果たしてしまった。その場から遠ざかって夜の森に逃げこむことさえできない。私はもうその場からうごけないほど消耗していた。すさまじい咆哮《ほうこう》とともに体当たりがくり返され、閂の棒が軋み、ついに亀裂が入った。さらに数回の衝撃があって、雷のような音とともに、破片を飛び散らせながら、閂の棒が折れてしまう。

扉が開かれた。鼻削ぎ平次が肩で息をしながら私を見下ろす。顔面の中心からの出血がひどく、口から喉、胸元にかけて赤色に染まっていた。鼻の全部を失ったわけではなく根元はのこっている。憤怒《ふんぬ》に満ちたそいつの目は血走っていた。

私は恐怖のあまり、無意識のうちに念仏を唱えていた。暗唱できるようになったお経がすらすらと口から出てくる。それから手近にあったものを投げつけた。足のうごかない私にできる精一杯の抵抗がそれだった。私のそばにあったのは、鼻削ぎ平次が用意していた行灯である。油皿に火の点《とも》った状態でそいつは飛んでいったが、鼻削ぎ平次に軽々と避《よ》けられてしまった。蔵の奥にころがるような音をたてる。そのとき、不思議なことがおこった。予想外の勢いで炎がふくれあがったのである。

後に私は旅の仲間からおしえられる。糞尿が腐ると、まれに、火のつく臭いが出るのだということを。もしかしたら蔵の中には火のつく臭いが充満していたのかもしれない。箱の中でそのような臭いに火を点すと、一瞬で巨大な炎が生まれるのだという。

蔵の中でふくれあがった炎は、入り口に立っていた鼻削ぎ平次に背後からおそいかかった。全身をすっぽりと赤色のかがやきにつつみこまれる。鼻削ぎ平次は生きたまま焼かれることになった。地面にたおれこみ、腕や顔に火をはりつかせ、苦悶《くもん》しているそいつの目が、私へとむけられる。私は横たわっていたおかげで炎の直撃をまぬがれていた。鼻削ぎ平次は焼かれながら私に腕をのばしてちかづいてこようとする。地を這うように、にじり寄ってくる。私を道連れにするつもりだろうか。

蔵の中で無数の蛆が焼かれている。火の粉が飛んで私たちの上に降る。私はみっともなく嗚咽《おえつ》をもらしながら、鼻削ぎ平次とは反対の方向に這ってすすんだ。後ろから今にも足をつかまれるような気がした。炎が燃え移って自分も連れて行かれるようにおもわれてならなかった。しかしふり返ると、私の方へ腕をのばした状態で鼻削ぎ平次はうごかなくなっていた。

蔵の炎は寺に燃え広がることなくしずまった。黒焦げになって煙をくすぶらせている死体に朝日がさす。寺を訪ねてきた近隣の者によって私は発見され、事情を問いただされた。

殺された住職の死体が役人の手によって掘り返され、私の話が真実だと理解される。親切な役人が私を家に置いてくれた。布団に寝かせてもらったが、何日たっても髪の間から蛆が出てきてこまった。

以上が事の顛末《てんまつ》である。

どこから話を聞きつけてきたのか、和泉蠟庵と輪がやってきて再会し、これまでの出来事を話しながら私は泣いた。二人は私とはぐれた後、さらに道に迷いながらも、すでに旅の目的地まで行ってきたという。

ところで、和泉蠟庵は私のためにお土産を持ってきてくれた。道中の旅籠で手に入れた何かの塩漬けであるという。それは壺に入った状態で旅籠の押し入れの奥にあったそうだ。塩に漬けられているのは白い肉で、豚の皮に似ていたが、正体はよくわからない。旅籠の主人に聞いてみたが、そんなものはしらないらしく、客の忘れ物だろうという結論に到る。旅籠の主人がその肉を一口食べたところ、酒がすすみそうな味だったらしい。

旅先のめずらしい食べ物が好きな和泉蠟庵は、それを買い上げて私への土産物にしたそうだ。これからさっそくみんなで食べてみようと彼が言うので、やめておいたほうがいいでしょうと私は忠告した。

# 河童の里

肩の調子がわるく、気にしながら旅をつづけていた。

「ずっと昔に脱臼《だっきゅう》してね。それからというもの、つよくひっぱられたり、ぶつかったりすると、肩の骨がはずれちまうようになったんだ」

「へえ、まるで河童《かっぱ》のようですね」

「河童？」

「しらないんですか？　河童の腕は、ひっぱると、抜けてしまうんですよ」

「おまえはあいかわらずものしりだな」

「耳彦《みみひこ》さんがものをしらなすぎなんです。河童は、左右の腕が体のなかでつながっているそうです。一方をひっぱると、もう一方がちぢんで、そのままずぽんと」

こいつの博識ぶりは私をいつもいらだたせる。輪《りん》は得意げに知識を披露しながら吊《つ》り橋をあるいた。橋の下は崖《がけ》だというのに、この娘は恐れもしらず渡る。吊り橋の縄が、ぎいぎいと音をたてた。しなって今にも折れそうな板の隙間から、崖下の渓流が見えた。

「むこうに村があるようだ。行ってみよう」

和泉蠟庵《いずみろうあん》が言った。長い髪の毛を後ろでむすび、女のような顔立ちだが、この人は男である。輪が駆けよった。

「今度はまともな村だといいですね。この前みたいな村はまっぴらです」

「この前というのは？」

「芋虫の入ったご飯をすすめられたでしょう」

「あれは美味だった。あの村では、あれが普通なんだ」

和泉蠟庵は旅本作家である。名所旧跡をあるいて訪ねては、それを本に書いて版元から報酬を得ていた。旅の経費も本の版元から出ているのだが、財布を握りしめている輪が無駄使いをゆるさなかった。輪は版元から和泉蠟庵に貸し出された者で、旅につきそって私たちがなまけていないかを見張っているのである。ちなみに私は荷物持ちだ。三人のなかではもっとも立場が下である。

崖にそってうねるように道はつづいていた。緑が濃く生い茂っている。何本もの川が複雑に入り組んでいるらしく、大小様々な橋を渡った。

途中で旅人に出会う。村までの道順をたずねてみたところ、おかしなことを言われた。

「みなさんもあれを見にいらっしゃったんですね。私も噂を聞きつけて、こんな辺鄙《へんぴ》なところまでやってきたんです。確かにあれはなんとも奇妙なものでした。おぞましいような、かわいらしいような」

「何のことでしょう。あれとはいったい」

和泉蠟庵が旅人に聞いた。

「河童ですよ。みなさんも、河童の噂を聞いて、あの村へむかっているのでは」

ざわざわと音をたてて渓流が水しぶきをあげている。

「くわしいことは、村に行けばわかりますよ」

と、旅人は言って背中をむけた。


山間の土地を私たちはあるいた。開けた場所はどこにもなく、切り立った崖がうねうねとつづいている。蛇行する渓流に沿って道がつづいていた。輪は橋の造りにもくわしい。橋を見かけるたびに、これは強度が足りないとか、これはなかなかしっかりしているとか、そういうことを和泉蠟庵に語って聞かせる。

「蠟庵先生、河童というのは、いったいどういうものなんです。輪、おまえにゃ聞いてないからだまってな」

「なんですか。いまいましい」

娘の小言を聞こえないふりする。和泉蠟庵は言った。

「河童とはね、物の怪《もののけ》と呼ばれる類《たぐ》いのものだ。主に水辺で見かけられるという。子どものような背丈をして、青いのや、赤いのがいるというが、はたしてほんとうにいるのかどうか」

「頭に皿をのせているんですよね」

「背中には亀のような甲羅があるともいう。人を水中に引きこんで尻子玉《しりこだま》を抜いて殺すそうだ」

「尻子玉ですか。なんですか、それは」

「そいつを抜かれたら、尻の穴がふぬけになって、ぽっかりとひろがってしまうそうだ」

「屁《へ》がとまらなくなっちまいますね」

私がそう言うと、輪が冷たい目をする。

「耳彦さんはもう尻子玉を抜かれた状態なのかもしれませんね。だってところかまわずするでしょう」

口喧嘩《げんか》をしながらあるいているうちに村へたどりついた。両側を崖にはさまれた谷のような場所で、土地は起伏に富んでいる。村をはさみこむ崖から崖へ、吊り橋が交差するようにかかっていた。谷底には複数の小川が流れており、水車小屋がいくつもあった。旅人の格好をした者が行き交っているが、河童目当ての見物客だろう。土産物屋や団子屋がならんでいた。ちょっとのぞいてみたら「河童の尻子玉」という団子が売られていた。食欲のそそられない名前である。

「確かにここは河童の里のようですね」

和泉蠟庵が返事をする。

「旅本に紹介もできるし、ちょうどよいな。河童のことをすこし調べてみよう」

二

「さあ、こっちだよ。河童を見たい人たちは、こちらへいらっしゃい」

村人の一人が見物客に呼びかけて案内している。鯰《なまず》のような髭《ひげ》をもった小太りの男である。見れば見るほど、そいつは鯰に見えてくる。男の話によれば、河童を見られる場所は限られているらしい。私たちは他の見物客といっしょに男の後をついていった。

土産物屋のならんでいる場所を離れてしばらくあるかされた。獣道を抜け、橋を渡り、茂みの奥へと入っていく。枝や蔦《つた》をかきわけると、谷川を見下ろせる岩の上に出た。

「ここが河童の遊び場です。決して見つからないように」

木々の枝葉が天井をつくっている。そのせいか、あたりはうす暗かった。私たちは岩の上にならび物音をたてないように見下ろす。岩場の下に谷川のよどんでいる場所があった。そこだけ流れがゆるやかになり、ひっそりとしずまりかえっている。あたりが暗いのと、水面に大量の葉っぱが浮かんでいるのとで、川の底を見通すことはできない。

「身を乗り出さないで。見つかってはいけませんから」

鯰髭の案内人はそう言うと、水面にむけて石を投げこもうとした子どもの頭をぴしゃりとはたいた。見物客は私たちをふくめて十人くらいである。半信半疑という顔つきの老人もいれば、目をかがやかせて谷川を見下ろしている娘もいる。

和泉蠟庵は鯰髭の案内人に話しかけた。この村で口にできるおすすめの料理や土産物について聞く。男の話によれば「河童の水かき」と呼ばれるすいとんがおいしいとのことだった。

「ほんとうに河童の水かきが入っているんですか？」

「まさか。粉を練って、うすくのばしたものが入っているんです。それがまるで、水かきを煮込んだように見えるというわけです。村のみんなで知恵を出しあい作ってみたのです」

「うるおっているようですね」

「おかげさまで」

河童はしばらくあらわれなかった。村の方から土産物売りがやってきて、退屈している見物客に商品をすすめた。「河童の皿」と呼ばれる煎餅《せんべい》を買ってみる。口のなかでさくさくとくだけておいしかった。

ひまだったので輪にちょっかいをかけることにする。

「河童が出たら、つかまえて腕をひっぱってみるぞ。もしも抜けなかったら、おまえが嘘を言ってたことになる。そのときは土下座をしてもらうからな」

「いいですよ。そもそも私は河童なんていないとおもってますし」

輪はつまらなそうに言った。

「おまえ、この村へ来るまでに、河童の話をしていたじゃないか」

「あれは伝聞の類いです。ほんとうにいるかどうかは別の話ですよ。たぶん、いないでしょうね。河童が出なければ、土下座しなくてもいいですか？」

「もしも河童が出たら、そのときはおぼえてろよ」

いつも博識ぶりをひけらかす娘を私はにらんだ。こうなったらぜひとも河童に出てきてもらいたい。そのとき、こいつはどんな顔をするだろう。

「吠《ほ》え面《づら》を見るのがたのしみだ」

「だけど、どうして私が土下座なんかしなくちゃいけないんですか」

「いつも私を軽蔑《けいべつ》するような目で見ているだろう。そのことをあやまってもらう」

「耳彦さんが私の財布をこっそり盗もうとしていたからではないですか」

「一回だけじゃないか。心がせまいな」

「まあいいですけど。それよりも、さっきからお尻を押さえているのは、どうしてです？」

「決まっている。尻子玉を抜かれないためだ。素早くうごくかもしれないからな。おそわれる前に、今から押さえて守っておこうとおもったのだ」

「お馬鹿ですね」

「なにがおかしい」

「尻子玉などという場所は私たちの体にはありませんよ」

「でも、河童は尻子玉を抜くんだろう？」

「迷信です」

私は和泉蠟庵に泣きついた。

「蠟庵先生、聞いてください。この娘が、尻子玉なんてものはないと言いやがるんです」

和泉蠟庵は、しかし私の期待する返答をしてくれない。

「河童が尻子玉を抜いて人を溺《おぼ》れさせるというのは、ただの噂話なんだ。河童とは無関係に、溺死者《できし》の肛門《こうもん》は弛緩《しかん》してひろがっているものなんだよ。まるで玉を抜いたように。それを見た人々が、河童が尻子玉を抜いて溺れさせたのだと言い始めたのかもしれない」

「河童なんて、危険な水辺に子どもがちかづかないように、大人が作り出したお話にすぎませんよ」

輪は勝ちほこったように言う。尻子玉などというものはない？　河童などというものはいない？　私はお尻を押さえたままおどろいた。

「もっとも、私たちの医術では見えないところに、そういう場所があるのかもしれない。河童にだけつかむことのできる臓器が、お尻のあたりにあるのかもしれないよ」

そうだったらいい、と言いたげな表情で和泉蠟庵は谷川を見下ろす。この男は言い伝えをおもしろがっている風がある。

そのとき、見物客たちがざわめきだした。私たちは話をやめて谷川のよどみを見下ろす。

水面に波紋がひろがっていた。枝葉のつくる薄暗さのせいでよくは見えない。そいつは水面下からぷかりと浮かんではまた沈む。

「いたぞ！　河童だ！」

だれかがさけぶ。

一瞬だけ見えた姿は、異様そのものだった。全身が青く、目は糸のようにほそい。顔に短い嘴《くちばし》のようなものがはまっている。どうやら一匹ではないらしい。すこし離れた場所でまたひとつ、しずかな水のよどみに波紋がひろがった。ぷかりと浮かんでは、くるりと回転する。それを甲羅と形容していいのかどうかわからないが、背中がこんもりとふくらんでいた。頭髪がまばらで、とくに頭頂部はつるりとしている。

二匹の河童は、しばらくの間、追いかけっこをするみたいに波紋を描いていたが、やがて水面下へともぐっていき、もう浮かんではこなかった。


村にもどって今晩の寝床を探した。一軒だけ旅籠《はたご》を見つけたが、まともな部屋はすべて埋まっている。天井に穴のあいた貧相な部屋ならあいているというので仕方なくそこに決めた。夕飯の時刻になったら汁物を食べさせてくれる店を訪ねて「河童の水かき」を注文した。なるほどおいしかった。

「やはり河童はいたのだ！」

店で私はそう語ったが、輪は冷ややかだった。

「そうですか？　私には、つくりものに見えましたけど」

「おまえはあれが人形だったというのか。しかし布でも粘土でもなかったぞ。あれは確かに生き物の皮膚だった。人が河童になりすましていたのでもない。河童が出てくるまでの間、ずっと水面下にもぐっていたとでも？　それこそ、河童でなければ息がつづかないぞ？」

「確かにそうですけど。蠟庵先生はどうおもいます？」

椀《わん》の汁を一滴のこらず飲み干して、和泉蠟庵は私たちを見る。

「本物のようでもあったし、人形のようでもあった。もっとちかくで見物することができれば、どちらかわかったのだろうが。しかし真実にはこの際、目をつむろう。河童の里として旅本に書いてしまえばいいじゃないか」

「だめですよ、嘘をつくことになっちゃいます」

「おもしろいじゃないか。河童の里だなんて。よくおもいついたもんだ」

「蠟庵先生は、村の人たちがついてる嘘にのっかってたのしんでいるんですね。だけど私は、いかさまをされているみたいで気分がわるいです」

輪は不服そうだが、和泉蠟庵は執筆への意欲を見せている。この男は旅の最中、奇妙な風習や言い伝えに出くわすと、うれしそうな顔をする。本の題材が手に入ったと言ってはよろこぶのだ。今回の河童も、本物かどうかは興味がない。それより、これを本に書いて人々に読ませるのがたのしみでならないといった雰囲気だ。

結局、河童が実在するのかどうか、どっちつかずのまま店を出る。山間の村は夜になっても人通りがおおかった。河童のおかげでどこも繁盛している。

「先に宿へもどっていてください。私はちょいと酒をひっかけてきますんで」

私は一人で行動することにした。

「引き止めはしないが、酔いつぶれて粗相をしないようにな」

和泉蠟庵の横で、輪があきれたような顔をする。

「先生はやさしすぎます。するに決まってるでしょう。だって耳彦さんですよ？」

「おまえは私をなんだとおもっているんだ」

もっと文句を言いたかったが、時間がもったいない。二人に背中をむけて、私は酒を飲める場所を探すことにした。酒以外にも目的があった。河童の巣について村の者に聞いてみたかったのだ。河童たちはどこでどんな風に暮らしているのだろう。だれかがそのことをしっているかもしれない。もしも河童をつかまえることができたなら、輪は悔しがるはずだ。あの娘に吠え面をかかせるためだけに、私はやる気を出していた。普段、布団に寝転がって酔いつぶれているか、賽子《さいころ》で博打《ばくち》をするかという以外に、何もする気のおきないこの私がである。

村をぶらぶらとあるいてみた。村をはさむように崖があり、吊り橋の上から家々を見下ろす。入り口に提灯《ちょうちん》をぶらさげた酒屋を見つけた。店の前までやってきて、なかをのぞいてみる。顔を赤くした酔っ払いたちが升で酒を飲んでいた。こいつはたのしそうだ。のれんをくぐって私も酒を注文する。客の半分はよそから来た河童の見物客で、もう半分はこの村に住む者たちだった。はこばれてきた酒をひとなめすると、すっきりとして、あじわいぶかい。酔いがまわるのを感じながら、私は河童について話を聞いた。

「いつからここは河童で有名になったんだい？」

ろれつのまわらない口調で返事があった。

「昔から出るという噂はあったんだ。夜中に村をあるいていると、河童を見たとか。夜が明けると、廊下に水かきのついた足跡がのこっていたとか。だけど、姿を見かけるようになったのは、ほんの最近のことさ」

数年前、村の子どもが、河童の遊び場を見つけたという。それ以来、村長の息子が商人連中と画策して、河童の里としてこの村を広めているとのことだ。

「村長の息子って？」

酔って顔の赤くなった村人は、指で鼻の下から頬にかけて線をひいた。

「それは鯰の髭かい？」

「そうだ」

「見物客を河童の遊び場まで案内していた男のことだな？」

「あの人には感謝しているよ。おかげでうまい酒が飲めるんだし。だけどいやな噂もあるんだ」

私に顔をちかづけて、酒臭い息を吐きながら、村人はおしえてくれた。

「町で人買いの連中と酒を飲んでいたらしい。噂じゃあな、人を買って、その尻子玉を抜いてあつめているらしい。そいつを河童に食わせて、手なずけているんじゃないかってよ」

三

夜の闇にまぎれて、渓流にかかる橋をわたり、坂の上に建つおおきな屋敷へとちかづいた。酒屋で聞いた話によれば、そこが村長の屋敷だそうである。村長は高齢でいつも布団にふせっており、実質、村で最も発言力があるのは、一人息子の鯰髭の男らしい。

河童を見つけたら、はがいじめにして輪の前へ連れて行こうとおもっていた。しかし、鯰髭の男が尻子玉で手なずけてくれているのなら話がはやい。そいつにお願いして河童に言うことを聞いてもらうとしよう。それにしても、尻子玉を抜くために人を買うなど、とんでもないやつだ。そのような臓器など存在しないと聞いていたけれど、やはりあったのだろうか。かんがえてもらちがあかない。男に問いただすのが手っ取り早い。

しかし、屋敷がちかづいてくると迷いが生じた。すでに夜更けである。今ごろ鯰髭の男も寝ているのではないか。話をするのは明日にすべきだろうか。屋敷を見上げて迷っていると、人の気配があった。

提灯の明かりがひとつ屋敷の裏から出てくる。目をこらすと、例の鯰髭の男だとわかった。ちょうどよい、声をかけてみようか。そうおもったけれど様子がおかしい。私はこそこそとあたりをうかがっている。のんきな夜の散歩という雰囲気ではない。私は咄嗟《とっさ》に暗がりのなかへかくれることにした。提灯を持っていなかったおかげで、私は闇に溶けこむことができた。

男は渓流沿いに道を行く。河童の遊び場がある方角だったので、もしかしたら河童の巣へ行くのかもしれないぞと見当をつけた。河童の巣がどこにあるのか、酒屋で村人たちに聞いてみたが、だれもはっきりとはしらなかった。どこかに巣があり、地下の水路を通じて、例の遊び場までやってくるのではないかとかんがえられていたのだが。あの男はもしかすると、巣の在処《ありか》をしっているのではないか。

男の後をつけて私は移動した。渓流の音が足音を消してくれる。男の持った提灯の明かりが獣道へと入った。和泉蠟庵との旅のおかげで、星明かりでも転ばずにあるけるようになっていた。上ったり、下ったりして、またもや渓流沿いに出る。そこにひっそりと建つ小屋があった。

提灯の明かりはその小屋へと入って行く。さとられないよう、慎重にちかづいてみると、話し声が聞こえてきた。壁の板に隙間があった。のぞいてみようと顔をちかづけたとき、すさまじい悪臭が鼻をつらぬく。なにかの腐ったような臭いがただよっている。

「あいかわらずくせえなここは」

「まあ、そう言わずに。こいつらの面倒をみている俺の身にもなってくださいよ」

鼻をつまんで隙間からのぞくと、小屋のなかで立ち話をしている二人が見えた。片方は鯰髭の男で、もう片方は頭にはちまきをした見知らぬ男だ。二人は腰くらいの高さがあるおおきな樽《たる》をのぞきこんでいた。人間がすっぽりと入れるくらいの樽である。よく見れば、おなじようなものが小屋のなかに十個ほどならんでいた。

二人がのぞきこんでいる樽には、どうやら水が満杯に入っているらしい。そこに、なにかが沈んでいるようだ。私はつま先立ちをして、なんとかして壁板の隙間越しに中身を見ようとする。

「こいつはそろそろ完成です」

「もうすこし待ったほうがいいんじゃないか？　ふくらんで、それらしくなる」

「あんまりふくらみすぎると、水の下にとどめておくのがむずかしくなるんです。今だって、勝手に浮かんじまわないように、沈めておくのがたいへんだ」

樽に沈んでいるものがようやく見えた。声が出そうになり、喉元《のど》でおさえこむ。そいつは樽のなかでうずくまるような姿をしていた。顔は見えなかったが、青白い肩や背中が見える。その皮膚には見覚えがあった。谷川のよどんでいる場所で、波紋をひろげながら浮上してきたものだ。あれは河童だ。こいつらは河童を樽に閉じこめていやがる。しかし様子がおかしかった。

「あとは嘴を縫い付けて、骨に釘《くぎ》を打ち、縄をむすぶだけか」

「頭の天辺《てっぺん》も剃《そ》らないと」

「面倒だな。ほんとうに溺れ死んだ奴は、流されているうちに川底で頭を打って頭髪をすり減らすものなんだ。水死体の頭は、はげていやがる。それを河童と見まちがえた奴らが、頭に皿をのせているとおもいこんだのさ」

「こうして樽のなかでつくるほうが、かんたんなんです」

「今の河童は、あと何日くらいもつかな？」

「ぐずぐずになって、縄がはずれないうちに、あたらしいのと取り替えましょうや」

そのとき樽の水から、ごぼごぼ、ぶしゅう、と泡がふきだす。

「ひでえ臭いだ。ふくらみから、臭気がもれやがった」

「だが、このふくらみがいい。背中に甲羅がはりついてるように見えるからな」

私はふるえはじめた。まずは膝《ひざ》が小刻みにうごく。樽のなかに沈んでいるものの正体がわかったのだ。あれは河童ではない。しかし輪が言ったような人形でもない。あれは人だ。この臭いは、溺れ死んでふくらんだ人が発する腐った臭気にほかならない。旅の途中、筵《むしろ》に寝かされた青白い溺死体を見かけたことがあるけれど、その臭気にそっくりだった。こいつらは、人の死体を河童のように見せかけているのだ。

このことを、和泉蠟庵や輪にしらせよう。板の隙間から顔を離して立ち去ろうとしたとき、背後に人の気配を感じた。

「なにしてやがる?」

他にも仲間がいたらしい。男が立って、私を見下ろしていた。

私ははがいじめにされて小屋のなかに連れこまれた。河童に会いたかっただけなんです、と説明をすると、三人の男たちは小屋の隅で話をしはじめた。私は男たちの手によって縄でしばられ、樽のなかに入れられる。鯰髭の男は私の入った樽をのぞきこんだ。

「せっかく村をたずねてきてくれたのに、こんな仕打ちをしてすまねえな。おまえ、河童に会いたいのか。ほんとうにいるとおもってたのか。俺もだよ。子どものころ、河童を見たんだ。だれも信じてはくれなかったがね、渓流で足をすべらせて、流されているうちに、おかしなところに迷いこんだのさ。村のそばで川はいくつもの支流に分かれている。あれはそのひとつだったにちがいない。俺は流されながら、青白い体の河童たちを見たんだ。川のそばで相撲をとっていたよ。だけど俺はそのまま流されちまって、気づくと下流の村にいたんだ」

臭いに私は嘔吐《おうと》した。吐いたものはどこにも流れていかない。膝をかかえた状態の私の体をつたって樽の底にたまる。汚いとおもう余裕さえなかった。頭がおかしくなりそうだ。私をしばっている縄は、胴体と腕をひとまとめにしている。ほどける様子はなかった。

「準備にもうすこしかかるから、ちょいと待っててくれ。それまで俺の話を聞いてくれないか。河童を見たと言っても、だれも信じてはくれなかったんだ。くやしくなって、河童のいる支流を探したもんだ。渓流に沿って崖のような場所をすすみ、分かれ道をひとつずつしらべた。全部をしらべおわったとき、もう大人になっていたよ。河童のいる場所は、とうとう見つけられなかった。そこでようやく、あれは俺が流される最中に見た夢だったのだとおもうようになった。そのころには、ずいぶんと河童にくわしくなっていたよ。河童についての言い伝えをあつめたんだ。不思議なことに、遠く離れた土地でも、河童に似た姿の生き物の言い伝えが昔からある。これが伝聞ではないとしたら、いったいどういうわけだろう。河童という生き物が、各地で見られていなければ、説明がつかないではないか。そんなことをかんがえていたら、ある日、俺の頭に、ひとつのかんがえが浮かんだ。もしかしたら、溺れ死んでふくらんだ死体を、人々は河童と見間違えていたんじゃないかって。いくつかの点で、河童と溺死体の特徴は似通っているんだ。青白いような、緑色のような皮膚。頭に載せた皿は、川底でけずれてうすくなった頭髪のせいだろう。溺れ死んだ者のおおくが水中で体を折り曲げてくの字になるんだ。その姿勢で沈んだとき、両膝と頭頂部の三点がまっさきに川底にあたる。そのせいで頭頂部の頭髪が消えてしまうんだ。それに、河童は肛門が三つあるというが、溺死体の弛緩してひろがった肛門がそのように見えていたのかもしれない。短い嘴があるというが、溺死体の舌は膨張して口から飛び出しているほどだという。ふくらんだ体が水辺に浮かんでいる様は、甲羅を背負ったなにかが泳いでいるようにも見えただろう。だからためしに、人買いから子どもを買ってきて、樽のなかで溺死体をつくってみたんだ」

樽のなかから私は男の顔を見上げる。これまでに殺されて河童に仕立て上げられた者たちも、おなじようにこの男を見上げたのだろうか。

「見事に河童のようだったよ。そこで俺は村のために、河童を仕立てて見物客を呼び込むことにしたんだ。昔、馬鹿にしていたやつらも、今じゃあすっかり俺に頭があがらない。もちろん、工夫は必要だ。あまりにふくらましすぎると、大人が二人がかりでも沈めることができないからね。ほどほどにふくらんだところで、作り物の嘴を縫い付けて河童らしくしてあげるんだ。舌が膨張して嘴に見えるようになるまでは、時間がかかりすぎるからね。河童に仕立てたものを、例の場所にあらかじめ沈めておく。客がやってきたら、縄と滑車をつかって水面に浮かせるというわけだ。泳いでいるようにうごかすこともできる。問題は、しばらくたったら別の河童にとりかえなくちゃいけないってことだよ。何日かおきに人買いから子どもを買ってきて樽に沈めなくちゃいけない。今までは子どもで河童をつくってきた。だけど、ちょうどいい、ためしに、大人の体で河童をつくってみるのもいいだろう」

準備ができたらしい。二人の男が樽にちかづいてきて、私に水をかけた。頭からざぶざぶとやられて、水は吐いた物とまじりあいながら樽にたまっていく。私はこれから河童にされるのだ。

四

流しこまれる水は、外の渓流から汲《く》んだものらしい。胸のあたりまで水没したところで、桶《おけ》に用意していた水がなくなったようだ。男たちがからっぽの桶をかかえて水汲みに出る気配があった。それらの様子が耳でわかった。私の目に見えるのは、湾曲した樽の内側と、のぞきこんでいる鯰髭の男だけだ。

「しかたないよな、見られちまったんだもの。かんべんしてくれよな」

たすけてください。どうかお願いですから。私は何度もくりかえす。喉やくちびるがふるえて、なかなか声にはならなかった。樽の内側に、自分のすすり泣きが反響している。体にまかれている縄をどうにかしようとしたけれど、しっかりときつくしばってあるため、ほどける気配はない。水に体の半分を沈めた状態で、私は頭上を見る。鯰髭の男は、私のおびえた様子をたのしんでいた。

見逃してもらえるようにたのみこんだ。見聞きしたことはだれにも言わない。すぐに村から出て行く。だから命だけは。しかし嗚咽《おえつ》のせいでうまく言葉が出なかった。外から男たちがもどってきて作業を再開する。

ざばあ、と私の見上げている顔にめがけて水をかけられた。鼻や口から水が入ってきて、私は、泣きながらあえいだ。その様子を見て男たちがわらう。

ざばあ。ざばあ。水位があがってきて、ついに首のあたりまで水につかった。次の水で顔の半分が水没する。私は首をのばして水面に鼻と口を出して息をする。しかしそこへさらに、ざばあ、と水を入れられた。

樽は水で満杯になり、私は頭の天辺まで水に沈んでしまう。体をうごかして、なんとか浮上しようとこころみるが、頭をがっしりと力強い手でつかまれ、水中へと押し戻されてしまう。もがきながら、胸の内でさけぶ。いやだ。たすけてくれ。死にたくない。

私は目をつむり懇願する。和泉蠟庵や輪の顔がおもいだされた。たすけてくれ。どうか。死にたくない。だんだん、息苦しくなってきた。どうしてこんなことになってしまったのだろう。河童なんかに興味はなかったのに。

そのときだった。目茶苦茶に体をうごかしていたせいか、肩のあたりにぐぎりと衝撃がはしって激痛がおそいかかる。骨が抜けたらしい。私は以前に肩を脱臼しており、はずれやすくなっているのだ。体に巻かれている縄のしばりが弱くなるのを感じた。脱臼のおかげで、巻いてある縄にすこし隙間ができたのだろう。ゆるくなっている。さらにもがいてみると、腕と胴をひとまとめに巻いていた縄から、脱臼していないほうの腕を引っこ抜くことができた。後は死に物狂いだ。

頭を押さえつけている男の手の指をつかんで握りしめる。息が限界だったので迷っている暇もない。盛大に水をこぼしながら立ち上がり樽から飛び出した。男の悲鳴があがる。私のつかんでいた指がおかしな方向へまがっていた。

足が樽の縁にひっかかって、水をぶちまけながら樽が横倒しになった。私はころんで横たわった状態で、胴にまかれた縄をはずそうともがく。鯰髭の男は小屋の奥でおどろいた顔をしている。

もう一人の男が、おそろしい形相でとびかかってくる。私をつかまえて高々と抱え上げた。からっぽの樽へ再び入れられそうになる。わめきながら、とれたての魚のように、目茶苦茶にうごいた。

「おとなしくしやがれ!」

男がさけぶ。私の足が、小屋にならんでいた樽のひとつに命中して横倒しにさせた。

濁った水が小屋のなかにひろがり、青白い物体が出てくる。全身がぱんぱんにふくらんだ子どもの溺死体である。もともとそれが男の子だったのか、女の子だったのかもわからない。私を抱えていた男は、溺死体のおなかのあたりをふんでしまった。やわらかくなっていたそれは、ぶじゅうと臭気を出しながらくずれて、男は足をすべらせ、ころんでしまう。頭をつよく打って、起き上がる気配はない。

私は男の手から解放されて、縄をほどきながら立ち上がる。鯰髭の男が奇声を発しながら私にとびかかってこようとする。そいつとの間にならんでいた樽を次々と倒して近寄らせまいとした。

溺れてふくらんだ子どもの死体がいくつもいくつも飛び出して横たわる。なかにはふくらませすぎて原形をとどめていないのがあった。顔がぱんぱんになって両目も飛び出している。ふくらみにたまっていた臭気が、喉を通って出てくるとき、溺死体そのものが声を発しているかのような音が出た。得体のしれない生き物の鳴き声のような音だ。それもまた、溺死体が河童とまちがわれた理由だろうか。

倒す樽がなくなって、小屋の出入り口へ突進する。引き戸をこわしながら、私は外に出た。清浄な風が全身をつつみ、しみついた腐臭をはらいのけてくれた。東の空があかるくなりはじめている。山々の稜線《りょうせん》が澄んだ色に浮かび上がっていた。朝だ。

片腕をぶらさげてはしった。骨をもどしている余裕はない。小屋から鯰髭の男が出てきて追いかけてくる。渓流沿いに岩場を逃げた。負傷しているせいで、おもうようにはしれない。そのためすぐに追いつかれてしまった。
「逃がすか！　この野郎！」
鯰髭の男が追いすがり、着物の裾《すそ》をつかんだ。私の首に腕をひっかけてはがいじめにする。恐怖で頭が破裂しそうだった。小屋に連れ戻されるのだけはいやだった。ごうごうと渓流が音をたてている。決心すると私は身を投げた。鯰髭の男もろとも真っ逆さまに転落し、水の流れに飲みこまれた。

ごぼごぼ。ごぼごぼ。

口から泡を出しながらも、水中で男は私から離れなかった。肩が弱点だとわかれば、執拗《しつよう》にそこを殴りつけてくる。懸命に引きはがそうとするが、なかなか私の着物を手放してくれない。二人で流れに翻弄《ほんろう》され、岩に打ち付けられ、流木に頭をぶつける。やがて、見覚えのある場所で流れが弱まった。河童の遊び場と言われていた、谷川のよどんでいる場所だ。朝の散歩でやってきたのか、岩場の上に数名の村人やら見物客やらがいて、溺れかかっている私と鯰髭の男を指さしていた。それ以上に気になるものと言えば、彼らから見えない位置にある木製の仕掛けだった。縄と滑車の組み合わさったような仕掛けが岩場の陰に設置してある。それによって、河童に仕立てた溺死体を、水面に浮上させたり、泳いでいるように見せかけたりしていたのだろう。

「た、たすけ、たす……」

岩場の上にならんでいる人々へ、私が声をあげようとしたら、鯰髭の男が首に腕をひっかけて水中にひきずりこむ。もみくちゃになっているうちに、流れのよどんでいる一帯を抜けた。

ほそい支流をすべり落ちていく。川底で体中に傷をつくりながら、滝のような段差を落ちる。いくつも分かれ道があったけれど、選ぶようなことはできず、流れに身を任せた。

やがて景色は、変になっていく。

草木が天井をつくっているような細長い支流を抜けると、あわくかがやくような朝《あさ》靄《もや》がただよいはじめた。奇妙な形の木々が茂り、発光する羽虫が群れになって頭上を横切る。見たこともないほどの巨大な鳥が木々の上を飛んでいた。

訝《いぶか》しげに周囲をながめているのは、私だけではなかった。鯰髭の男もまた、私への攻撃をやめて景色に目をうばわれている。

あさくなっている箇所があり、私たちはその岸辺へと打ち上げられた。ぬかるんだ泥に頰をつけて横たわる。私はつかれて起き上がることもできなかったが、鯰髭の男はまだ力がのこっているらしい。呆然《ぼうぜん》とした表情で男は立ちあがり、水を滴らせて対岸を見つめていた。

きょん、きょん、と甲高い奇妙な声がする。

私は横たわったまま、男の視線を追いかける。

朝靄のむこうにある、対岸の岩場の上を、子どもくらいのおおきさの影が移動していた。岩から岩へ、そいつらは跳びはねるように移る。夢でも見ているのだろうか。

風がふいて靄がうすくなると、その姿が明瞭《めいりょう》になった。

つるりとした青白い肌の者や、赤味を帯びた肌の者。頭頂部はつるりとしており、口のあたりがとがっていて鳥のようだ。斜面に洞窟《どうくつ》があり、その周辺で彼らは相撲をとっていた。

「はは、あははは」

鯰髭の男が満面に笑みをうかべる。浅瀬をざばざばとかきわけながら対岸へとわたる。

彼らは首をかしげて、きょん、きょん、と言いながら男の周囲にあつまってきた。白い部分のない、真っ黒な目で男を見上げる。水かきのある手をさしのべて、男の手を引っ張る。むこうで遊ぼうよと、まるでそう言っているみたいに洞窟を指さした。

きょん、きょん。

そいつらの一人が私に気づいた。こわかったので、逃げることにした。浅瀬のなかをはいずり流れのなかへと身をすべらせる。ありがたいことに追ってはこなかった。

再び水流に翻弄され、妙な景色のなかを流される。そのうちに頭を石にぶつけて、私は気絶した。あとは暗闇だ。


私を発見したのは、下流の村で洗濯をしていた女だったらしい。川に浮かんでいる私を見て、水死体だとおもい村のみんなを呼んだという。ひきあげて筵に寝かし、お坊さんに念仏をあげるようにお願いしたところで、私がまだ息をしていることに気づいたそうだ。

村で療養中の私を人が訪ねてきた。和泉蠟庵と輪だった。二人は私のことを聞きつけて迎えに来てくれたのだ。


「まったく、なにをしてるんですか」

起き上がれない私を見て、輪がため息をついた。

和泉蠟庵が横で「河童の尻子玉」という団子を食べている。

「なかなかおいしいぞ。いかにも尻子玉という名前にふさわしい団子だ。だけどもうしばらくしたら、作られなくなるだろう。耳彦がいなくなってる間に、あの村は大騒動だったんだ。河童が本物かどうかを、輪と私でしらべてみたんだよ。私は気が進まなかったけど、輪がどうしてもと言うものだから」

「河童の遊び場と呼ばれていたところに、水死体が沈められていました。どうやらそれを河童に似せていたみたいなんです」

輪は得意げに事件の真相を話す。私は泣きながら、しってる、しってるから、それ、と訴えた。

うごけるようになり旅を再開した。目的地の温泉にたどりつくまでの間に、何回、迷子になったかわからない。和泉蠟庵という男はとてつもない方向音痴であり、目の前に目的地があったとしても、次の一歩で迷子になってしまうような人なのだ。おかげで今回の旅もずいぶん時間がかかってしまった。日数がかさむと旅の費用もおおくなる。結果として費用を捻出《ねんしゅつ》している版元の手先であるところの輪が不機嫌になった。

帰り道、河童の里に立ち寄った。良い思い出がないので気が進まなかったけれど、あれから鯰髭の男がどうなったのか気になっていたのだ。村は見物客がいなくなって閑散としていた。村人に聞いたところによれば、鯰髭の男は死体となって発見されたらしい。ある日のこと、河童の遊び場と呼ばれていたところに浮かんでいたという。彼の死体は顔面が恐怖にこわばり、尻の穴の周辺は引きちぎられたようになって腸が引き出されていたというが、どこまでがほんとうか私にはわからなかった。

# 死の山

「目隠し山はおそろしいところです。山道でだれかに会っても、決して目を合わせたり、話しかけたりしてはいけません。声をかけられても、返事をしてはならないのです。怪異が起きても、気づかないふりをするのです」

宿の主人は布団のなかで咳《せ》きこみながらそのようなことを言う。具合がわるいらしく、部屋から出てこようとしない。そのため私たちはまだ主人の顔をしっかりと見てはいなかった。

「怪異？　それはいったい、どのようなものでしょうか？」

旅本作家の和泉蠟庵《いずみろうあん》が、ほそく開けた襖《ふすま》の手前に正座をしている。私と輪《りん》は和泉蠟庵の後ろから、首をのばして襖の隙間をのぞき込んだ。暗い部屋の奥で宿の主人が寝ている。咳《せき》をくりかえし、そのたびに布団をふるわせながら返事をする。

「山で何が起こるのか、そのときになってみなければわかりません。あなたたち御三方が、町へ行かれるというのであれば、目隠し山を通るのが近道でしょう。しかし、おすすめはしません」

和泉蠟庵は腕組みをしてかんがえた。

この和泉蠟庵という男は重度の方向音痴であり、そのせいで今回の旅でもひどい目にあった。ついさきほどまで私たち三人はよくわからない場所をさまよいあるいていたのである。日が暮れて周囲はすっかり暗くなっていた。このまま闇のなかをいつまでも終わりなくあるきつづけるのだろうか、とあきらめかけたとき、この古びた宿を雑木林の奥に発見したのである。

主人の部屋からもれてくる明かりにたいそうほっとした。床や柱は腐っており、蜘《く》蛛《も》の巣がそこら中にはっていたが、野宿するよりはましだ。病にふせっている主人の声に従い、宿帳に三人の名前を書き、部屋に荷をおろした。それから和泉蠟庵は、ここがいったい何という地方なのか、町がいったいどちらの方角にあるのかをたずねてみたのである。

宿の主人によると、目隠し山と呼ばれる場所を越えた先に、町へつづく街道があるというのだが……。

「目隠し山を通りなさるのであれば、そこで起こる怪異は、すべて素通りしなくてはなりません」

宿の主人はくりかえし忠告する。

「素通りしなかったら？　どうなってしまうのです？」

「それきり、もう、山から出られなくなるのです」

町を出発して、はたしてどれくらいたったのだろう。旅の間、いくつもの温泉地をめぐり、名所旧跡をながめ、名物を口に入れた。たのしみのためにそうしていたのではない。和泉蠟庵という男にとってそれは仕事なのである。旅先で見かける様々なもの、温泉の効能やお湯の特徴などをこまかく日記帳に記しておき、町にもどったら旅本に書いて人々に紹介するのだ。私は荷物持ちとしてその旅に同行しているのだった。しかし、もうそろそろ自分の部屋がある長屋へもどって寝っ転がりたいものだ。和泉蠟庵から報酬をもらって、酒を飲み、蕎麦《そば》をすすり、博打《ばくち》をやって、女の子と遊びたかった。一刻もはやく帰りたくてしかたない。

和泉蠟庵が、私と輪をふりかえる。

「この先の山では、何か正体不明のものが出るようだ。どうする？　そこを越えるかい？　それとも、遠回りしてほかの道を探すかい？」

「目隠し山とやらを越えましょうよ。他の道を探してあるいているうちに、また迷ってしまうのがオチです。輪、おまえもそうおもうだろう？」

「そうですね。旅の日程がかさむと、経費もそのぶん増えてしまいます」

輪という娘が、めずらしく私に同意する。この娘は和泉蠟庵に旅本を書かせている書物問屋の使いである。旅に同行して和泉蠟庵の手伝いをしながら、私たちの財布の紐《ひも》をしっかりとつよめに握りしめているのだ。嵐で旅籠《はたご》から出られないときなどは和泉蠟庵に筆をもたせて旅本の執筆に取りかからせたりもする。怠惰を信条とする私とは正反対の娘であり、基本的に私のことは人でなしでも見るような目で蔑《さげ》すんでいる。

「二人がそう言うのなら、私にも異論はない。明日、目隠し山とやらを越えることにしよう」

私と輪は部屋にもどったが、和泉蠟庵はその晩、おそくまで宿の主人と話しこんでいた。部屋にもどってきたとき、彼の手に白い紙がにぎられていた。

「それはなんです？」

「預かりものだ」

和泉蠟庵はそう言って布団にもぐりこんだ。

夜が明けて井戸水で顔を洗い身支度を整えた。宿の主人に一声かけて、宿賃を部屋の前に置き、私たちは出発する。

すがすがしい青空だった。麓《ふもと》の斜面にのびる道に、段々畑がひろがっており、木は青々としている。別れ道もなく、私たちはただ、人々によって踏み固められた道に沿って行けばいい。しかし油断は禁物である。和泉蠟庵という人物の迷い癖をなめてはいけない。彼が旅の仲間にいるだけで、たとえ一本道をあるいていたとしても、気づけば見当外れの場所をあっちに行ったりこっちに行ったりしているのである。

しかし今回は迷うことなく山へとたどりついた。目印に塚があり、石に【目隠し山】と彫られているのでわかりやすい。石の裏側には念仏のようなものが彫られている。

「ここが境界らしいな」

和泉蠟庵がつぶやいた。

私たちは塚を眺めて休憩し、それから山に入った。

しばらくは何の変哲もない景色がひろがっていた。ゆるやかに曲がる上り坂を進んでいるうちに、山裾《やますそ》の景色がひろがって気持ちよい。蛇行する小川と、麓の村と、田園がずっと下のほうに見えた。鳥にでもなった気分で遠くに目をむければ、山の稜線《りょうせん》がうすい青色の版画みたいに重なっている。怪異の気配など微塵《みじん》もない。

「きっとあれは宿の主人の作り話だったのでしょうよ」

私が言うと、輪が返事をする。

「どうして作り話なんかをする必要があったんです？」

「そりゃあ、おまえ、ああいう風に言って客をこわがらせてたのしんでいたのさ」

「そうでしょうか？」

「いや、まて、わかったぞ。旅の人をこわがらせて、先に進むのをためらわせようとしていたんじゃないか？　客を何日か引き止めて、宿賃をいっぱい請求するってわけだ。ねえ、蠟庵先生、どうおもいます？」

和泉蠟庵は、女のように長い髪を後ろにむすんで、それをゆらしながらあるいている。全体的にほっそりしているので非力そうに見えるのだが、私などよりも力が強く、どれだけあるいてもつかれた様子を見せない。もしかしたら人ではないのかもしれない。妖怪《ようかい》か何かの血をひいているのではないか、とおもうことさえある。

「作り話であったなら何も問題はない。しかし二人とも、心構えだけはしていなさい。何かが出てきて、おかしな出来事があっても、決してそちらのほうは見ずに、しらないふりをするんだよ」

和泉蠟庵は言った。

ほどなくして日が陰り、急にあたりがうすぐらくなる。

ひんやりとした風がふいて、山の木々が音をたてた。

ざざ、ざざざ……。

道ばたに虫の死骸《しがい》が落ちている。

どこからか、いやなにおいがただよってきた。

茂みのなかで、狸か何かが死んで腐っているのかもしれない。

さきほどまで聞こえていた鳥のさえずりが急に消えてしんと静まりかえる。

汗が顔の横をつたって流れ落ちる。

茂みのむこうから、何かに見られているような気配があった。山の奥へ踏み入るごとに、その気配はつよくなる。

空には雲ひとつなかった。おかしい。それならどうして急に日が陰ったのだろう。頭上の枝葉が日の光をさえぎっているせいだろうか。

木の葉が、ざわざわと人の話し声のような音をそこら中でたてる。峠を越えるための道は茂みの奥へとつづいていた。両側の雑木林は、うねり、からまりあい、こちらにむかって枝をのばしている。その様はまるで、苦しみもがいている者たちが、助けをもとめているようでもある。

三人とも口数がすくなくなった。だまりこんだまま、自分の足もとを見て進む。先頭は和泉蠟庵である。次に輪が、最後に私が、という風に連なってあるいていた。無言だと、おたがいの衣擦《きぬず》れの音や、足に履いた足袋《たび》が地面を踏む音や、息づかいまでが聞こえてくる。

あるとき私はその音に気づく。

私の前を行く二人も、ふりかえりはしないけれど、私と同様に聞こえているはずだ。

私の後ろから、何かがついてきている音に。

＊＊＊

私たちは何も気づかないふりをして前進する。自分の足もとばかりを見つめていたが、視界の端に、どうしてもおそろしい光景が入ってきた。

茂みをかきわけるように、何百本という人間の指があった。それらが百足《むかで》の足のように蠢《うごめ》き、茂みをざわざわとふるわせた。

道の端に黒い塊が転がっていた。どうやらそれはおびただしい数の虫があつまってできたものだとわかった。道ばたに捨てられた人間の赤ん坊に虫がたかっているのだった。赤ん坊はまだ生きており、私たちがちかづくと、虫の出入りしている口から弱々しい泣き声が聞こえてきた。

岩場から臓物が這《は》いずり出てきて草むらの陰で蠢いている。脂で表面をてからせながら、腸や肝や舌や歯の寄りあつまったものがひくひくとうごいている。花の上で舞っている蝶《ちょう》にむかって腸をのばしたかとおもうと、叩《たた》き落としてそいつを食べ始めた。

私たちはそれらの一切を見ないふりをする。ついそちらに視線をむけそうになるのをこらえて前にすすんだ。

そうしなければ、山から出られなくなる。

気づかないふりをしなくてはならないのだ。

木立の上で何か得体のしれない動物が人間を食っていた。ぱき、ぽき、じゅる、じゅる、と、骨の折れる音や血肉をすする音が聞こえてくる。私たちがそばを通りすぎるとき、その動物は突然、男の声でわらいはじめた。

道沿いに咲いている百合《ゆり》の花から澄んだ歌声が聞こえてきた。それとなく視界の端で確認してみると、白い花弁につつまれるようにして、ちいさな少女の頭部が生えていた。まぶたを伏せ気味の状態で、少女の頭部が歌っている。長い髪の毛が百合の花弁の隙間からたれさがっていた。

山の斜面の下のほうに、そこだけ霧のたちこめている場所があった。その奥で何やら巨大なものがあるきまわっているような気配がある。木をへし折りながら歩行する足音と、それにともなう地面のゆれがあった。

峠にさしかかって私たちが休憩していると、籠《かご》を背負った白装束の人々が木の洞《ほら》からぞろぞろとわいて出てきた。彼らは立ち止まり私たちのほうをじっと見つめていた。視線の圧は彼らのほうをふりかえらなくともわかった。しらないふりをしていると、ひそひそと話をしながら、再び木の洞へともどっていった。

「ああ、はやいところ帰りてえなあ。畳に寝転がって酒を飲みてえなあ」

緊張をほぐすために私は言った。

「蠟庵先生、ほら、花が咲いてますよ。きれいですねえ」

「女ってやつは、どうしてこうも花なんか好きなんだろうなあ」

「耳彦《みみひこ》さんは目が腐ってるんじゃないですか？」

「腐ってねえよ」

「どんよりと濁ってますよ」

「うまれつきそうなんだ。しかたねえだろ」

「二人とも、喧嘩《けんか》はよしなさい。せっかくの景色が台無しだぞ。ほら、なかなか風流な眺めじゃないか」

しかし、峠から見える景色は異様と言うしかなかった。鳥のようで鳥ではない動物が無数に飛び交い、紫色の雲が山の上にあつまり、その雲間から巨大な顔がのぞいているのだ。もちろん、私たちはそれらに気づかないふりをして深く息をすいこみ、山からの眺めをたのしんでいるというふりをする。

休憩の後、道は下り坂となった。ほどなくして遠くから悲鳴が聞こえてきた。

「だれか！　たすけて！」

女の声だ。全員の耳にはっきりと届いたはずである。しかし私たちは、周囲に視線をさまよわせることもしなければ、おたがいに目を見合わせて何が起こったのかと首をかしげるようなこともしない。ただ淡々とあるきつづけた。

前方から着物をはだけさせた女がはしってくる。刃物を持った男が女を追いかけていた。私はその様子をはっきりと見ないように心がけた。自分の足もとに目をむけ、視界の端でおこなわれる凶行には気づかないふりをする。女がどんなに助けをもとめようと無視しなければならないのだ。なぜならこれらすべてが山の見せる怪異であるという可能性があったからだ。

しかし……。

私の胸に迷いが生じる。

もしも、これが怪異などではなく、実際に目の前でおこなわれていることだったら？

この女は偶然に反対側から目隠し山をのぼってきたところを、男におそわれているのだとしたら？

そうだとすれば、私たちは女を見殺しにして、素通りすることになってしまうのではないか？

「おうちに帰りたいの……。お願い……。おうちに帰らせて……」

そのように懇願する女を、私たちがこれから通る地面の上で、男は犯しながら殺した。何度も女の体に刃物を突き立てる。そのたびに湿った音をたてながら道に血溜《だ》まりがひろがっていった。

顔がこわばりそうになるのをこらえる。すました表情で私たちは淡々とあるきつづけなければならないのだ。

こんなもの幻にちがいない。疑念を胸の奥に押し込める。

これが目の前で実際におきている出来事だとしたら、女は死にものぐるいで私たちにしがみついてでもたすけをもとめようとするだろう。男はその刃物で私たちにも危害をくわえようとするだろう。そうしないところから察するに、やはりこの男女もまた目隠し山の怪異の一端なのだ。

地面に血溜まりがひろがっている。それにも気づかないふりをしなければならなかったから、しかたなく血溜まりを踏んで越えて行く。

すぐ横を通りすぎるとき、殺された女が、無言でじっと私たちの方を見ているのがわかった。

どうしてしらないふりをするの？

なぜ私のことに気づかないの？

ひどいことが起こっているのをしっているのでしょう？

それなのに、なぜ見ないふりをして生きていくの？

女から責められているような気がしてならなかった。しかし私たちにはどうすることもできないのだ。見て見ぬふりをして自分というものを守っているのだ。どれほどひどいことが起きようと素通りして山を下りなくてはならないのだ。私たちにとってもそれは拷問だ。目をつむり、耳を両手でふさぐことも、私たちにはできやしないのだから。そのようなことをすれば、たすけを求めるその声に気づいているとばれてしまうではないか。私たちは不幸や死というものから目をそらしていなければ生きてゆけないのだ。だからどうかわかってほしい。うらまないでほしい。置いて行く私たちをゆるしてほしい。

この山で起きる怪異は、山で死んだ者たちの情念にちがいない。山に入り、そこから出られないままに死んだ者たちの痛みや苦しみ、かなしみ、さみしさの降り積もったものが、私たちに怪異を見せるのではないか。

彼らは気づいてほしいのだ。家に帰れないまま死んでしまった自分たちのかなしみを、なんとかして知ってもらおうと、私たちの前にあらわれるのだ。

目があったり、返事をしたりすれば、連れて行かれるというが、彼らがさみしがっているせいにちがいない。自分たちに気づいてくれた人を、もう離したくはないのだろう。死の孤独をすこしでも癒《いや》すため、そばにいてほしいと願っているのだろう。

足に血がついていた。血溜まりを踏んだときのものだ。幻などではなく、ほんものの血がついているかのように見える。これはいつか消えてくれるのだろうか。

　下り坂を無言で進み、女の死体がすっかり後方へ過ぎ去った。またひとつ怪異を無視して、私たちは素通りすることができたのだ。私はふかく息をすいこんだ。気分を変えるために声をだす。

「長い旅だったなあ。旅がおわったら、みんなで蕎麦を食いに行かねえか？」

　あるきながら返事を待つ。

　しかし、私の言葉に、だれも返してはくれなかった。

　もう一度、私は声を出す。

「酒を飲もう。旅の話をしながら。きっと何晩でも飲み明かせるだろうな」

　だれもうなずきもしなければ、私の顔をふりかえりもせず、全員が淡々とあるきつづけている。

　ざざ、ざざざ……。

　木々のざわめきが頭上から降ってきて私をつつみこんだ。

「なあ、みんな……」

　私の言葉など、まるで聞こえてなどいないかのようにふるまう。

　そのとき、ふと気づいた。いっしょに旅をしてきた仲間のはずだが、この三人の名前がおもいだせないのだ。それだけではない。これまで自分の足もとばかり見ていたから気づかなかったが、三人それぞれの顔に見覚えがなかった。後ろから順番に顔をのぞきこむ。

目つきのわるい貧乏神のような貧相な顔つきの男。

利発そうな娘。

長い髪を後ろにしばった端整な顔立ちの男。

どれも私のしらない顔だ。三人とも私など見えていないかのように無視をする。鼻先まで顔をちかづけてみても、決して目を合わせようとしない。たたいたり、なぐったりすれば、あるいは反応してくれるのかもしれないが、そうする気にはなれなかった。せめてすこしでも私のことに注意をむけてくれたなら、心からほっとして、ようやく触れることができただろう。

「いじわるはよしてくれ」

私は一人ずつに話しかける。

「なあ、無視しないでくれよ……」

そのとき、腕にこそばゆい感触があった。指で掻《か》いてみると、白い米粒のようなものがぽろぽろと落ちる。蛆《うじ》だった。蛆が腕にはりついていた。急に全身がむずがゆくなる。耳の穴やら、背中やら、指の隙間から、白い蛆がわいてきた。はりついていたところを指で掻いていたら、強く掻きすぎたのか、皮膚と肉がはがれてしまう。痛みはなく、血も噴き出さない。すっかりこわくなって悲鳴をあげる。しかし、旅の同行者である三人は、私の様子などおかまいなしにあるいていく。

「たすけてくれ！」

体が腐臭を発していた。最初からそうだったのか、たった今そうなったのかはわからない。自分の腹のなかで何かの蠢いている感触がある。着物をはだけてみると、腹がうねうねと蠢いていた。腐って開いた皮膚の穴から百足《むかで》が這いずり出てきて、団子虫がぽろぽろとこぼれ落ちた。私の臓物はすっかり虫たちによって食い荒らされているようだ。悲鳴をあげて騒いでいるうちに、三人はすっかり遠くまで行ってしまっていた。置いてきぼりになるのがこわくなり、はしって追いかける。

「待ってくれ！」

以前にもこのようなことがあったのをおもいだす。

あれはどれくらい前のことだろう。

私は村の幼なじみ数人と旅に出かけたのだ。有名な神社仏閣を参り、温泉につかり、三ヶ月くらいで帰るつもりだった。私たちはすっかり旅をたのしんで、村へと帰る途中、道にまよって目隠し山の麓へたどりついたのである。

山を越えたほうが故郷の村まで近道らしいとわかり、私たちは山越えをすることにした。麓に村があり、山でのふるまいかたを村人たちからおそわった。何かを見ても気づかないふりをしなくてはいけないと。

しかし私は、目隠し山を越える最中、怪異におどろき、声をあげてしまったのである。

途端に無数の手によってしがみつかれて私は身動きできなくなった。

「置いてかないでくれ！」

幼なじみたちは、助けをもとめる私の声に聞こえないふりをして、そのまま行ってしまったのである。

「待ってくれ！　わかったんだ！　ほんとうは、聞こえているんだろう？　見えているんだろう？　気づかないふりをしているだけなんだろう！」

うつむき加減であるいている三人のところまでようやくたどりついた。私は蛆をはらいおとしながらうったえかける。

「おもいだしたんだ。私も連れて行ってくれ。村にもどりたいんだ。父と母が私の帰りを待っているんだよ」

後ろをついてあるきながら私は自分のことを話す。素性や生まれ故郷の村の名前、幼なじみとの旅の途中で目隠し山の怪異に取り込まれてしまったことを。

「旅をおわらせたいんだ。どうか、おねがいだから、連れて行ってくれ」

道が平坦《へいたん》になり、渓流のちいさな橋をわたる。鳥の鳴き声が木立の間から聞こえてきた。日の光が枝葉の間からもれて、地面をまだら模様にする。頂上付近にあつまっていた紫色の雲や、雲間からのぞいていた巨大な顔は、すっかり見あたらない。先頭をあるいていた髪の長い男が、着物の懐《ふところ》から白い紙を落とした。

「蠟庵先生、何か落ちましたよ？」

娘が男に声をかけた。

「捨てたんだよ。いらないものだから。そのままでいい」

先生と呼ばれた男は前進をつづける。他の二人も彼の後を追った。

私は気になり、白い紙をひろう。おりたたまれた手紙だった。私は父に読み書きをおそわっていたから、書かれていた文章を読むことができる。筆で書かれた字面を読む。

「どうして⁉　あなたは、いったい……⁉」

手紙から顔をあげて正面を見ると、すこし離れたところで三人が立ち止まっていた。

長髪を後ろで結わえている男がふりかえり、私の目を正面から見つめる。

「蠟庵先生！」

娘が声をあげる。

「だいじょうぶ、もう山は越えた」

私は彼らにちかづこうとした。しかしどれだけあるいてもたどりつけなかった。道の脇に塚が立っており、石に【目隠し山】と彫られている。幼なじみとともに山へ入るとき、おなじような塚を見たおぼえがあった。私はどうやらそのむこう側には行けないらしい。山から出られないのだ。

手紙に書かれた文字の形に見覚えがあった。私に読み書きをおしえてくれた父のものだ。

「それはお父さんから渡されたものだ。山のどこかに置いてきてくれとたのまれていたんだが、本人に渡せるとは都合がよい。きみが自分の素性を話してくれたから、手紙の受取人だとわかったんだ」

手紙に目を通す。父の書いた一文のなかに、私の死を悼む言葉があった。旅からもどってきた幼なじみたちは、目隠し山の怪異のことや、私がとらわれてしまったことを父母に話して聞かせたという。父母は悲しみ、村を出ると、目隠し山の麓にある宿屋ではたらきはじめた。せめて私の死んだ場所のそばで生きていこうと決めたのだろう。やがて母は病気で亡くなったが、父は宿を継がせてもらい、今も麓にいるという。

長髪の男が私の目を見ている。のこりの二人は、ずっと私に背中をむけていたが、長髪の男の身に危険がおよんでいないのを確認し、ついにおそるおそるという風に私をふりかえってくれた。

私は三人の顔と正面からむきあう。

見てくれる者がいる。

声をかけてくれる者がいる。

それだけで置いてきぼりのさみしさや、死の孤独が、かるくなるような気がした。

＊＊＊

塚をすぎて目隠し山から外に出ると、四人目の足音も、声も、聞こえなくなった。怪異が現れるのは塚のむこう側までというわけだ。私は安堵《あんど》のため息をつく。気づかないふり、というのがこんなに気疲れするものだとは知らなかった。

しかしまだ、おわってはいない。和泉蠟庵は塚のむこう側にむかって話しかけている。私と輪もふりかえっておなじ方向を見つめた。しかしそこにはだれもいなかった。目隠し山の奥へとつづく道があるだけだ。和泉蠟庵が懐から落とした白い紙は、ぽつんと地面に落ちたままである。

さっきまで私たちのそばにいた四人目の姿はもうなかったが、和泉蠟庵は、まるでそこにだれかがいるかのように一点を見つめていた。私と輪も、彼の顔はこのあたりだろうか、とおもえる場所に目をむけて、いかにも見えます、という表情をする。山のなかでは目を合わせてはならなかったから、うつむき気味の視界の端で足もとを見かけたにすぎない。そいつがどのような顔をしているのかわからないままだったが、しかし彼はたしかにいた。私の後ろからちかづいてきて、まるで最初から旅に同行していたかのように、四人目の仲間として道をあるいた。休憩をいっしょにとり、私たちに話しかけてきたのである。

三人で目隠し山に背をむけた。四人目の旅の仲間とはそれでお別れだった。

「達者でな！」

私は手をふった。何もないところへむかって。

血溜まりを踏んだとき、足についた血の汚れは、山から出ると同時に消えてしまった。その汚れもまた怪異が見せる幻のようなものだったのだろう。しかし見えないだけで、私の足は今も死者の血で汚れているような気がしてならなかった。あるいはそう意識しながら生きてゆくことで、途中で旅を断念した者たちの供養になるかもしれない。

やがて私たちは見覚えのある道に出た。町へつづく街道である。

「長い旅だったなあ。旅がおわったら、みんなで蕎麦を食いに行きませんか？」

私は和泉蠟庵に提案してみる。しかし返事はなかった。輪もだまりこんだままである。どんなに話しかけても無視される。

「はは、冗談はよしてくださいよ、蠟庵先生。なあ、輪、冗談はよせって」

目の前で手をふってみたり、珍奇なうごきをしてみせたりする。しかし二人は、うつむき加減で無言のまま素通りした。まるで私など見えないかのように。それだけではない。二人はぼそぼそとした暗い声で、だれかの葬式の段取りについて話しはじめる。輪が目元の涙を拭《ぬぐ》い、和泉蠟庵は沈痛な表情をする。

団子屋に入ったら、そこではたらいている娘が私と目が合って「いらっしゃい！」と声をかけてくれた。そしてようやく二人のお遊びはおしまいになった。

# 呵々の夜

# 一

風もなく、虫の声もせず、山裾《やますそ》にひろがる森は、真っ黒な影のかたまりのようである。鬱蒼《うっそう》とした茂みのなかを、私はたった一人でさまよっていた。旅の仲間とはぐれて半日がすぎている。夜通しあるくのはやめたほうがいいだろう。月が出ているとはいえ、足もとも見えないほどの闇だ。木の根元で体をまるめ、獣や毒虫におびえながら朝を待たねばなるまい。そう覚悟したとき、茂みの奥に民家を見つけた。引き戸の隙間から、あたたかそうな橙《だいだい》色の明かりがもれているではないか。

「ごめんください」

私はその家にちかづいて戸をたたいた。何事かと顔を出した女に事情を告げる。

「どうか、一晩だけ泊めてください」

「布団はありませんよ、かまいませんか」

「かまいやしませんよ」

礼を言って家に足をふみいれる。土間と板の間があるだけの簡素なつくりだ。板の間の中心に囲炉裏《いろり》があり、湯をわかしている炎が周囲をあわく照らしている。全部で三人が住んでいた。応対に出てくれた女、その夫、そして彼らの息子である。農民だろうか。しかし農作業の道具はどこにも見当たらない。

三人の目が、じっとりとなめるように私の顔へそそがれる。少年がひそひそ声で父親に何事かを耳打ちした。私のような見知らぬ男を家にいれて、はたして大丈夫なのかと心配しているのだろう。「明日、目が覚めたら、なにかを盗んで消えているかもしれないよ」という少年の心の声が聞こえてくる。そのような誤解をされてもおかしくはない。私はうさんくさい泥棒といった顔立ちであり、貧相な相貌《そうぼう》ゆえに貧乏神とまちがえられることだってすくなくない。

女が茶を入れてくれた。茶であたたまりながら自分の素性について話す。私は旅本作家である和泉蠟庵《いずみろうあん》という男に雇われて、全国各地の名所旧跡や温泉地に関して調査をしている最中だった。しかし和泉蠟庵は極度の方向音痴であり、彼との旅は波瀾《はらん》万丈である。今日も山道で迷子になり、行ったり来たりをくりかえした。

「道に沿ってあるくだけなのに、いつまでたっても目的地にはつきやしない。町のなかで迷っていたはずなのに、いつのまにか山奥にいる。かとおもえば、舟にのったつもりもないのに、湖の真ん中にうかぶ離れ島にいる。今日の昼間だってそうだったんです。木に目印をつけながらあるいていたんですがね、何度もおなじところを迷っていたんです。まっすぐあるいていたはずなのに、しばらくしたら目印をつけた木が見えてくるんです。でも、それだけじゃないんです。目をこらしてみると、ずっと前のほうに、私たち自身の背中が見えたんです。蠟庵先生は気のせいだとおっしゃったんですけどね……」

和泉蠟庵といっしょにいると、道が奇妙なつながりかたをする。あるきまわった果てに、なんとかして別の場所に出ることはできたが、木陰で休んでいる間に私は置いてきぼりをくらってしまった。一人きりでさまよって、今に至るというわけだ。

「輪《りん》という娘がいっしょに旅をしておりまして、そいつが財布を持っているのです。その娘は蠟庵先生にくっついていなくなってしまったので、私は今、無一文という状態なんです」

このような場合にそなえて、次からは、宿賃くらいは持たせてもらおう。素性の説明をしている間、三人はおたがいの顔をよせあい、ひそひそと小声でやりとりをしていた。なんともそれが気持ち悪かった。茶を飲み干して、さっそく部屋のすみっこで寝かせてもらおうとしていたら、男がやってきて私の前にどかりとすわった。腕や首まわりの太い、まるで熊のような男である。

「旅人さんよ」

「なんでしょう」

「あんたが訪ねてくるまで、俺たちは、ちょっとした遊びをしようとしていたんだ」

「はあ、遊びと申しますと……？」

「遊びというのは、ほかでもない、こわい話だ」

「こわい話？」

「ああ、そうだ。一人ずつ、こわい話を披露して、だれのが一番、こわかったのかを決めるんだ。ちょうどこれから、それをやろうとしていた。どうだい、旅人さんよ、せっかくだから俺たちの話を聞いてみねえか。そして、だれのが一番こわかったのかを決めてくれねえか」

正直に言うと私はそんなもの聞かずにねむりたかった。しかしせっかくの誘いだし、断るのはもうしわけない。それに、こわい話をここで仕入れて、和泉蠟庵や輪と合流したときにそいつを話して聞かせるのはどうだろう。特に輪をこわがらせるのはたのしそうだ。あの娘は私のことを、酔っぱらってばかりで仕事をしない木偶《でく》の坊だと言って責める。ほぼ当たっているけれど、そんな風に言われるのは心外である。あいつがこわがっている様を見てみたいものだ。

「わかりました」

私は男の申し出を受け入れた。さっそく手招きされ、囲炉裏のそばにすわらされる。男と女、少年と私、四人の顔が囲炉裏の炎の明かりによって赤々と闇の中に浮かび上がった。そうして私の悪夢のような夜がはじまったのである。

最初にこわい話を披露するのは、私を家の中に入れてくれた女だった。女は私の左隣に正座し、緊張するように肩をこわばらせていた。長い黒髪が顔の前にたれさがって目や鼻をかくしている。ぼそぼそとした気味のわるい声で話しはじめた。

今からお話しするのは、あの方のところへむかう最中に、山道でおきた出来事なんです。

あの方というのは、いったいだれのことだろう。疑問におもったが、言葉をはさむのはやめておいた。ほかの二人が質問しないところをみると、この一家のしりあいか何かだろう。

その晩、私は提灯《ちょうちん》をぶらさげて、あの方のお屋敷まであるいておりました。私が一番前に立って、後ろからついてくる者たちのために、足もとを照らしてあげていたんです。ころんで崖《がけ》から落ちないように、道がほそくなっているところでは、注意するように声もかけておりました。

私の後ろをついてくるのは三人の旅人さんでした。まだわかい男たちで、神社仏閣を見物するために村を出てきたそうなんです。道に迷ってこの家にたどりついたはいいけれど、布団もなにもない場所ではこまると、だだをこねられましたので、あの方のお屋敷にお連れすることにしたんです。あの方のお屋敷なら、やわらかい布団もありますでしょうし、おいしい食事も、お酒だってあるでしょう。

そこまで聞いて、私は立ち上がりかけた。自分もだだをこねればよかったと後悔する。こんな汚い家なんかではなく、そのお屋敷で一泊したかった。しかし、今すぐその屋敷まで案内してくれ、などと話を中断して言えるような剛胆さは私にない。

山道を途中まであるいたときです。ずっと前のほうの暗闇に、ぼうっと、提灯のような明かりがあらわれたんです。はじめのうちは、だれかがむこうからあるいてくるのだろうかとかんがえておりました。でも、ちがうんです。

その明かりは、まるで私たちのあゆみにあわせるかのように、ちかづけば遠ざかり、立ち止まれば待っているんです。後ろをついてくる男たちのだれかが言いました。

「まるで俺たちをどこかに案内しているかのようだな」と……。

『送り提灯』などと呼ばれている怪談話を私はおもいだす。夜道をあるく者の前に、提灯のようにゆれる明かりがあらわれるというものだ。

私たちはその明かりを追いかけるようにしながら山道を行きました。しかし分かれ道にさしかかったときのことです。その明かりは、ふいにゆらりとゆれて、片方の道へと入っていったのです。旅人さんたちは、その明かりを見ながら今まであるいてきたものですから、当然のようにそちらへ行こうとします。私はあわてて声をかけました。

「お待ちなさい。そちらではありませんよ。さあ、こっちの道をお行きなさい」

明かりのむかう方ではなく、もう一方の道へと手招きしました。

「こっちなのかい？」

「ええ、お屋敷はこっちのほうですよ」

「でも、あの明かりは、むこうの方へ行っちまった。俺たちが来るのを待っている。こっちへ来いって、手招きするようにゆれているぞ」

「あの明かりは私たちを迷わせようとしているんです。山のなかをぐるぐるとあるきまわることになりますよ」

旅人さんたちは、私の言葉を信じてくださいました。あんなわけのわからない明かりよりも、目の前にいる私にしたがったほうがいいと、そういう結論になったようです。

分かれ道のところで明かりを置き去りにして先へとすすみました。私たちが行ってしまうとき、あの奇妙な明かりはなんとも名残惜しい様子でゆらゆらとゆれていたのをおぼえています。そうして無事に旅人さんたちをあの方のお屋敷へと案内することができたんです。

ああ、よかった。

あのままもう一方の道に入っていたら、麓《ふもと》の村へとたどりついていたことでしょう。旅人さんたちにも逃げられていたはずです。

あの明かりはもしかしたら、あの方のお屋敷に連れて行かれて、身ぐるみをはがされ、生き地獄を味わった者たちの情念だったのかもしれません。死んだ後に提灯のような明かりとなって山をさまよっていたのでしょうか。私が旅人さんたちをお屋敷に連れて行こうとしているのを見つけて、なんとかして食い止めようとしていたのかもしれませんね……。

二

話し終えて、くたびれたように女が息をはきだす。少年がおびえたような声で言った。

「母ちゃん、その明かりは、幽霊ってやつだったのかい?」

「私はそうおもうよ。提灯の明かりみたいだったけど、決してそうじゃなかった。だって、提灯だったら、それをぶらさげている人の姿が見えるはずでしょう。よく目をこらしてみたけれど、そんなものは見えやしなかったんだ。すこしうかんで、すーっとうごいていたんだよ」

「信じたくはないが、そういうことがまれにおこるのだ。人がつよい念をのこして死んだ場合はな……」

男が厳粛な顔つきで息子に言い聞かせる。私は腕組みをして、むずかしい表情をつくりながらうなずいてみせた。しかし本心では、さてどうしようかとこまっていた。

囲炉裏をかこんでいる三人は、夜道にあらわれた不可思議な明かりのことばかり話題にしている。けれど、ほかにもっと気になる点がなかっただろうか。特に最後のほうで、私の聞き違いでなければ、女はおそろしいことをしゃべっていた。だけど全員がそこを気にとめていないようだ。この三人はどうかしているのか？　いや、それとも、私のほうがまちがっているのか？

「なあ、あんた、今の話はこわかったかい？」

私は女に聞かれた。

「……そ、それはもう。ですが、ほんとうにあったことなんですかい？　それとも、作り話なんですかい？」

「もちろん、ほんとうにあった出来事さ」

そう言って女は、前髪の隙間からのぞく目をむきだしにして、カカカカカと奇妙な声でわらった。

次にこわい話を語るのは、囲炉裏をはさんで正面にすわっている男だった。着物からのぞく丸太のような腕は毛むくじゃらである。あぐらを組んですわっていても、天井にとどきそうなほどに巨大な体格だ。まるで岩山がそこにそびえたっているかのような錯覚さえおこす。囲炉裏の火を見つめている男の目は、爛々《らんらん》と赤色にかがやいていた。ふたつ目の話がはじまった。

あの出来事があったのは、俺が町で酒を飲んでいたときのことさ。俺の好きな蕎麦《そば》屋があってよ、町へ出かけた日はかならずそこで酒を飲むんだ。なあ、あんた、酒は好きかい？

男が私に問いかける。地響きでもおきているかのような野太い声だ。私は首を縦にふる。横になどふるものか。私はいつどんなときでも酒を飲みたい性分なのだ。私の反応を見て男は口角をつりあげて笑みをうかべる。めくれあがったくちびるの隙間から、異様に長くするどい犬歯がのぞいた。

そうかい。だけど酔いすぎには気をつけな。酔っぱらうと、今おきている出来事が、ほんとうのことなのか、それともほんとうにはおきていないのかが、たまにわからなくなっちまう。

だけどよ、その日は、まだそんなに酒を胃袋に入れてなかったんだ。頭もしゃっきりしていたんだぜ。ろれつもまわっていたし、まっすぐに道をあるけた。それがおきたとき、酒のせいなんかじゃねえってわかっていた。だからよけいにこわかったんだ。俺は蕎麦屋の椅子に腰かけて酒をちびちびとやっていた。するとな、俺の右肩を、とんとん、とだれかがたたいたんだよ。

男は自分の右肩をなでまわした。

筋肉の隆起した、丘のような肩である。

町にしりあいなんかいねえ。いったいだれが俺の肩をたたくって言うんだ？　俺は不審におもいながら後ろをふりかえってみた。でも、だれもいやしなかった。なんでい気のせいか。俺はそうおもって酒のおかわりをたのむと、またちびちびとやりはじめたんだ。

するとなあ、もう想像はついてるだろうが、またたれかに、とんとん、と肩をやられたんだ。手のひらでたたくような、確かな感触さ。

ふりかえっても、やっぱりだれもいねえ。俺は立ち上がると、おびえている客の胸ぐらを一人ずつつかんで、いったいだれが俺の肩をたたいたのかを聞き出そうとした。だけどよ、どの客も俺にはちかづいてもいないと言うじゃないか。全員が口裏をあわせているのかもしれねえとあやしんだが、俺は納得することにしたよ。あんまり迷惑をかけると、もう店に入れてくれなくなるだろうしな。俺は店を出て帰ることにしたよ。

外は夕焼けで真っ赤になっていた。町が火事にでもなったかのような色だ。次に肩をたたかれたのは、そんな町の外れをあるいているときさ。

とんとんとん。

後ろを見ても、やっぱりだれもいやしねえ。夕焼けのなかで川沿いの柳がゆれていた。長くしなだれた枝が川の水に先っちょをつけていたんだ。どこにもかくれるところなんてねえ。俺の肩をたたいた奴がいたとしても、俺がふりかえるまでの間に姿をかくすことなんかできやしなかっただろう。つまりな、姿の見えないだれかが、俺を呼び止めていたってわけさ。

男は火箸《ひばし》で囲炉裏の炭をいじった。火の粉がひと粒かふた粒、生まれて羽虫のように舞う。女と少年がこわばった表情で話を聞いていた。

日が沈んで真っ暗になっちまったから、俺は提灯をさげて山道に入ったんだ。しんとしずまりかえった暗闇さ。提灯の明かりのほかにたよるものはねえ。この家を目指して俺は上り坂をすすんでいた。そしたらまた例のやつさ。

とんとんとん。

だれかが俺を呼び止めるように右肩をたたきやがった。だが、今度はすこしだけちがっていた。たたいたあとも、そっと右肩に重みがのこっていたんだ。ひんやりとするような、つめたい手のひらの感触さ。

俺はすぐさま後ろを確認しようとしたが、寸前でおもいとどまった。ふりかえっちまったら、これまでとおなじように、すっと消えちまうにちがいねえ。だから、ふりかえったような素振りを見せちゃならねえ。

俺は首をそのままにして、そーっと目だけをうごかすことにした。視界のすみっこのぎりぎりのところで、自分の右肩を見てみることにしたんだ。そうすれば、俺の肩に手をおいてる奴も、逃げおくれるにちがいねえっておもったわけだ。

そーっと、そーっと……。

俺は横目で右肩のあたりを見てみた。するとな、あったんだよ。手が俺の肩にのせられていたんだ。

ほっそりした女の手だったよ。泥にまみれていて、爪のなかまで真っ黒だった。そいつがたしかに俺の肩の上へ、ひんやりとした重みでのしかかっていたんだ。

俺はおどろいたが、負けたくねえとおもった。この際、その手をつかんじまおうとかんがえたのさ。右手は提灯をさげていたからな、左手をそーっと右肩のところへ持ってきて、泥まみれの女の手に届く寸前で、獲物に食らいつく猫みたいによお、えいやっと勢いよくのばしてつかもうとした。

だが、女の手の方がはやかった。泥まみれの手は、俺の肩の丸みにそって、背中にできた影のなかへするりと消えちまったんだ。後はもう、ふりかえっても夜の山道があるだけでなんにもなかったよ。

でも、俺にはわかったんだ、手の正体が……。

そのすこし前に、あの方のお屋敷から女が逃げ出したという事件があったんだ。俺はその女を連れ戻すように命じられ、山のなかを必死に追いかけたのさ。山道でつかまえることはできたんだが、そんときに抵抗されて、長い爪でひっかかれて、顔に傷をつくっちまったんだ。俺はついかっとなって、女の鼻と耳を食いちぎって腹を割いて道ばたに捨てちまったのさ。

肩におかれていた手は、俺をひっかいたのとおなじ、長い爪が生えていたんだ。もしかしたら、あのときの女が、道ばたにほうっておかれてさみしいと、うったえているのかもしれねえ。俺はそんな風にかんがえて、その晩のうちに、死体のあるところへ行って、穴を掘って埋めてきたんだ。花も供えてきてやったんだぜ。それ以来、肩をたたかれることはなくなって、一件落着ってわけだ。

男は話し終えると、目をむいてわらい出す。白目の部分が明かりを照りかえして際立っている。カカカカカと、こきざみに痙攣《けいれん》するように肩や頭をふるわせて、薄気味のわるい声をたてる。呵々大笑《かかたいしょう》という言葉をおもいだした。おおきな声で人がわらっている様をあらわした言葉である。

女と少年が視線を交わし、困惑するような表情をしていた。もしかしたらこの二人も、さすがに今の話には疑問を抱いたのではないか。女の鼻や耳を食いちぎって腹を割いて殺害するなど人間の所業ではない。そんなひどい男の振るまいを聞き流すことなどできようか。しかし二人は次のように言うだけだった。

「……ってことは、あんた、つまり幽霊に肩をたたかれていたってのかい？」

「父ちゃん、幽霊ってのは、ほんとうにいるのかい？」

ともかく、私も話をあわせておこう。男の気分を害さないように、薄ら笑いをうかべて言った。

「なんともこわい。おそろしい話です」

男はまんざらでもない顔をする。

「そうか、そいつはよかった。おもうぞんぶんにこわがってくれ」

囲炉裏の明かりをうけて私たち四人の影がのびている。私の影はそれほどおおきくはないが、なぜだか彼らの影は壁や天井までのびてこちらにおおいかぶさってくるような迫力をもっていた。赤い光によって浮かび上がる彼らの顔は、まるで赤熱した鉄のようであり、地獄ではたらいている鬼たちの姿を想像させる。私の体は、おさえの利かないほどに、がたがたとふるえはじめた。

三

じゃあ、今度は僕の番だね。

私の右手側にすわっている少年が口をひらいた。話をするのがうれしくってたまらないのか、赤色にそまった顔面の皮膚を笑みの形に固定している。目玉の黒い部分が人よりもおおきな少年だった。白い部分が見当たらないので、眼窩《がんか》に真っ黒な洞穴がひらいているようにも見える。私は耳をふさぎたかった。この少年が今からどんな話をするのかわからないが、いやな予感しかしない。

三つ目の話がはじまった。

僕はね、ときどき、あの方のお屋敷でお手伝いをするんだ。お皿をはこんだり、お客様の着物をたたんだり、血のついたお部屋を雑巾《ぞうきん》でふいたりするんだよ。壁にのこった爪痕《あと》をかくすために、左官みたいなことだってやるんだ。そしたらね、お駄賃のかわりに、切り取られた指をくれるんだ。お屋敷でばらばらにされた旅人さんの指だよ。僕はね、家まで帰る道すがら、そいつをしゃぶったり、かじったりしながらあるくのが好きなんだ。

その日もね、お屋敷でたくさんお手伝いをしたから、指を一本、もらえたんだ。あれはたしか、人差し指だったよ。ほっそりしていたから、女の子の指だったんじゃないかな。まっすぐな棒みたいな形でかたまっていたっけ。もらった指を口のなかにいれて、ふやかすようになめながら山道をあるいていたんだ。爪のかたさや指紋のざらざらを、舌でこねくりまわしながらね。そこまでは何の変哲もない、いつもの話さ。

途中まであるいたときね、つばでべとべとになった指を、歯でほんのちょっと噛《か》んでみたんだ。ぐにゃっとした肉のなかに、かたい骨の感じがあったよ。でもね、その直後のことさ。僕の口のなかで、びくんと指がうごいたんだ。

気のせいかとおもったけど、そうじゃなかった。口に入れていた指が、くっ、と曲がって、頬の裏側をおしたんだ。それから、釣り上げられた魚みたいに、口のなかであばれはじめたんだよ。

そいつはさっきまで、ただのうごかない指だったんだ。死体から切り取ったのか、それとも生きたまま切ったのかはしらないけどね。それがなぜだか、うごきだしたんだよ。僕が嚙んだときに、痛くっておもわず生きかえったのかもしれないね。

僕はすぐさまそいつをはきだした。指は地面にころがると、しばらくは裏返ったり丸まったりしていたけれど、そのうちに尺取り虫みたいなうごきで草むらのなかへ逃げようとしたんだ。自分の見ているものが信じられなかったよ。あまりのおそろしさに、僕はそこから逃げ出したんだ。

だけどね、どうしても気になったから、勇気をふりしぼって引き返してみた。さっきの指をさがしてみると、そいつは木の根っこのところにいた。真っ白い体をくねらせながら、爪の先で穴を掘ってもぐっていこうとしていたんだ。だけどうまくできなくて何度もひっくりかえっていた。そのうちに蟻がたかってきて、皮膚の上を駆け回りはじめたものだから、くすぐったそうに指は身もだえしていたよ。

最初のおそろしさが、だんだんとなくなっていって、僕はそいつのことを、かわいらしいとおもえるようになったんだ。つまんで蟻をはらってあげると、手のひらにのせて、そいつをにぎりしめてみた。手のなかで、棒状の体をうねうねとくねらせる感触があって、僕はすっかりおもしろくなった。

そいつを家に持ち帰って、箱に入れて、床下にこっそりとしまっておくことにした。

そいつが爪の先で箱をかりかりとやるものだから、父ちゃんと母ちゃんは、鼠でもいるのかなって首をかしげていたものさ。

僕は一人のときにそいつをだして、尺取り虫のように這《は》い回る様を見てたのしんだ。紐《ひも》をむすんで重いものを引っ張らせてみたり、水にうかべて泳がせてみたりもした。だけどね、僕が指を飼っていたのは十日くらいのことだった。次第にそいつの体は黒ずんできて、うごきもにぶくなってきたんだよ。そいつには口がなかったから、飲んだり食べたりもできずに、だんだんと干物みたいになってきた。かりんとうってお菓子があるでしょう？　そいつの先っちょに爪がくっついているような見かけになっちまったんだ。

かなしかったさ。干からびた指をなんとかしたくて、口に入れてふやかそうとした。でも、だめだった。そのうち、つついてもうごかなくなって、ああ、ようやく死んだのか、と僕はおもったんだ。その後、うごかなくなった指は、家の横に穴を掘って埋めちまった。僕の話はこれでおしまいだよ。

囲炉裏の炭を男が火箸でいじった。炎がゆれて三人の影がふくらみ、輪郭がくずれ、人のものとはおもえない形になる。しかしそれも一瞬だけで、炎のうごきが落ちつくと、また人の形にもどった。男が私にたずねる。

「どうだい、旅人さんよ、こわかったかい？」

「え、ええ、はあ、まあ、その……」

返答にこまっていると、女が言った。

「指がうごきだすところは薄気味わるかったね。でも、最後のほうは、なんだかほほえましかったよ。そうはおもわないかい、旅人さん」

「しかし、おめえ、指がうごきだすなんてこと、ほんとうにあったのか？」

男が少年に聞いた。

「嘘なんかじゃないよ。うごかなくなったから、埋めちまったけど」

男は床板をきしませながらおもむろに立ち上がった。

「いいことをおもいついた。今からそこを掘ってみようぜ。俺はその指を見たくなった。おまえ、提灯を用意しな」

女が提灯に明かりを点《とも》す。三人が草履《ぞうり》を履いて家を出ていく。男が出入り口から私に声をかけた。

「旅人さんもどうだい。いっしょに指を見ようじゃないか」

気は乗らなかったが、私もついていくことになった。

草履を履いて外に出ると、山にうすく霧がかかっていた。夜風がひんやりとして肌に心地いい。月明かりのなかで茂みは真っ黒な影絵のように私たちを取り囲んでいた。家の壁にそって三人がすすみ、その後ろを私もつづいた。

「ほら、ここだよ」

少年の指さした先の地面には平たい石が三段ほど積まれていた。墓石のつもりだろうか。男は素手で泥を掘りはじめる。

ざっ、ざっ、ざっ……。

掻《か》き出された泥が足もとで山になっていった。三人とも無言である。私は体のふるえがおさまらなかった。三人の話を聞き終わり、どれが一番、こわかったのかをかんがえてみたが、すぐにはこたえがうかんでこない。幽霊がどうとか、それ以前に、この三人のことがおそろしかった。

「あったぜ」

男が言った。ちいさなものをつまんで手のひらにのせ、私たちにむかってさしだす。

「ほら、指だ。真っ黒になってやがる」

女が提灯をよせると、あわい明かりが、干からびて丸まった指を私たちの眼前に浮かび上がらせた。少年の話は、ほんとうの出来事だったのだろうか。しかし、この指がかつてうごいていたという証拠はない。いや、そんなことは問題ではない。切断された何者かの指がここにある。そこが重要なのだ。

「こいつがうごいてたのか？　ほんとうかよ？」

男がそう言って、干からびた指をいじった。丸まった状態のものを、無理矢理にまっすぐな棒状にしようとする。すると、小枝の折れるような音をたてて、関節のあたりで砕けてばらばらになってしまった。三人ともその様子がおかしかったのか、目をむいて、カカカカカとわらい出す。

恐怖が限界に達していた。逃げるなら今のうちだ。三人ともこわれた指に注意をむけている。音をたてて気づかれないように私はその場をはなれた。しかし十歩ほどすすんだとき、枝をふんでしまう。三人がわらうのをやめて顔をこちらにむけた。私は悲鳴をあげて茂みのなかに飛びこむ。

無我夢中で足をうごかした。月明かりは木にさえぎられあたりは暗い。木の根っこにひっかかって何回もころんだ。自分がどの方角にむかってすすんでいるのかもさっぱりである。

おそろしいことに後ろから三人の追いかけてくる気配があった。木の枝をへしおりながら、熊のような大男が迫ってくる。女の持っている提灯の明かりが、ちらちらと木の間に見えた。

「旅人さん、お待ちよ、なぜ逃げるんだい」

少年の声がひんやりとした夜の闇にこだまをのこす。

どこか安全な場所を見つけてかくれなくてはならない。息が切れて足がおもくなる。体中に擦り傷をつくった。泥まみれになりながら夜の山をさまよう。

どれくらいはしっただろう。いつからか追いかけてくる気配も感じなくなっていたが、立ち止まるのは危険だとおもった。這ってでも前にすすもう。

ふと、鼻につんとした臭いがただよってくる。温泉の臭いだ。眼前に竹林があらわれて、人の整備した道に出る。道沿いにすすんでみると、明かりのついた石灯籠《いしどうろう》がならんでおり、その先に温泉宿があった。入り口をたたいて宿の主人をたたきおこし、私は泣きながらすがりつく。

「たすけてくれえ、追いかけられているんだ！　あいつらはきっと、人食い鬼かなにかにちがいねえ！」

ふくよかな顔をした宿の主人は、はじめのうち目を丸くしておどろいていたが、私の顔をまじまじと見て意外なことを言った。

「あんた、もしかして耳彦《みみひこ》というお名前ではありませんか？　ああ、やっぱりそうだ。その貧乏神みたいな顔はまちがいない」

「どうして私のことを？」

「宿泊されているお客さんから聞いておりましたのでね。そういう顔の人がもしも訪ねてきたら、はぐれてしまった旅の仲間だから、かくまってやってくれって」

「旅の仲間⁉　蠟庵先生が、蠟庵先生がここに泊まってるんだね⁉」

「ええ、長い髪をした、きれいな顔立ちの男の方ですよ。昨日のお昼頃からご宿泊なされて、温泉を何度も出たり入ったりしています。お連れの娘さんも、温泉を気に入ってくださったようで。それにしても大変でしたねえ、その様子じゃあ、山のなかをあるきまわってこられたんでしょう」

私は安堵《あんど》してすわりこむ。和泉蠟庵と輪がこの宿にいる。私はたすかったのだ。

# 四

「……という目にあったんです」

話し終えて私はため息をついた。和泉蠟庵は腕組みをして、私を安心させるような、おだやかな表情をうかべている。

「そうか、そいつはひどい目にあったね」

「ええ、それはもう……」

友人であり雇い主でもある旅本作家は、泥まみれの私とちがって寝間着姿である。もう一人の旅仲間である輪は、不機嫌な様子で茶をすすっていた。私は気になって少女に言った。

「おまえはどうして私をにらんでいるのだね。私の無事をちょっとはよろこんでくれたっていいじゃないか」

「もちろん再会できてうれしいですよ。でも、こんな真夜中にたたきおこされる身にもなってください」

「だって、話を聞いてほしいじゃないか」

宿にたどりついて、すぐさま和泉蠟庵の部屋へ通してもらった。別室で寝ている輪も呼び、さっそくさきほどの出来事を語っていたのである。しかし輪はあくびをしながら、かわいげのないことを言う。

「どうせなら、朝まで山のなかをさまよってればよかったんです。朝ご飯が済んだころに合流してくれればちょうどよかったのに。もう一回、その一家に追いかけられてきたらどうです。そしてまた、夜明けくらいにここへもどってきてください」

「そんな器用なことできるか！」

「ゆるしておやりなさい」

和泉蠟庵が私に言った。

「輪はこれでも、きみのことを心配していたんだ。ちかくの村に出かけていって耳彦がいないかどうかを確かめてきてくれた。もしも貧乏神をおもわせる風貌の男がいたら、この宿へ来るように伝えてくれと村人たちにおねがいしてきたらしい。ありがたいことじゃないか」

「心配なんかしていません。荷物持ちがいなくなったら困るじゃないですか」

輪がそっぽをむく。和泉蠟庵は苦笑する。

「耳彦、泥まみれの体を温泉で洗い流してきてはどうだね。この宿の温泉はなかなかのものだったぞ」

私はそうすることにした。風呂《ふろ》の用意をしようと立ち上がり、荷物一式がないことに気づく。すべてあの家に置いてきてしまったのだ。取りにもどることはできそうにない。家のあった場所はわからないし、あの三人には二度と会いたくない。宿のご主人に事情を話すと、寝間着を貸してもらえることになった。輪は部屋にもどり、和泉蠟庵は布団に入ってしまう。私は一人で風呂にむかった。

温泉は宿の建物の外にあった。岩場の間に熱い湯がたまっている。いわゆる露天風呂というものだ。夜中に月を見上げながら入る風呂は気持ちがよかった。つめたくなっていた指の先まで、ほかほかと温まる。泥とつかれをすっかりあらい流し、私はお湯からあがった。

まるで生まれ変わったかのような心地で、寝間着に腕を通し、宿の廊下をあるいていたら、後ろから声をかけられた。

「旅人さん、さがしたよ、ここにいたんだね」

少年の声だった。ふりかえると例の三人が立っていた。

………そのときの、私のおどろきといったら。

声なんか出やしませんよ……。

ただもう、口から息がもれるだけなんです。

その場に尻餅《しりもち》をつきました。もうだめだ、どれだけ逃げても彼らは追いかけてくるんだ、というおそろしさがあったんです。あの三人は、そういう私の姿を見て戸惑っているようでした。

「だいじょうぶかい、旅人さん」

心配そうな表情で女がそう言うんです。

「温泉につかりすぎて、のぼせてしまったんだろう」

男は私をたすけおこして、すぐそばにあった畳部屋に寝かせてくれました。女が手拭《て ぬぐ》いを濡らして顔にあててくれるし、少年は手をうちわがわりにしてあおいでくれるし、おや、なんだかおかしいぞ、と私は首をかしげたもんです。

三人のことを、人食い鬼かなにかだとおもっていたものだから、親切にされたことが意外だったんです。私のそういう気持ちを察したのか、男がこんなことを言うんです。

「誤解させちまったようだな。あんたに聞かせたこわい話は、全部、作り話だったのさ」

……ええ、そうなんです。

あの家で聞いた三つのこわい話は、すべて作り話だったと、男はそう言うんです。どうしてそんなことをしたのかって？　なんでも、私の顔を見て、あの三人、ついに我が家へ貧乏神があらわれたんだっておもいこんじまったそうなんですよ。輪、おい、こら、何をわらっているんだ。こいつはわらいごとじゃねえんだぜ。蠟庵先生、聞いてください。つまりあいつらは、貧乏神を家から追い出すために、わざわざこわい話をしていたと、そう言い張るんです。自分たちをおそろしい存在に仕立てれば、さすがの貧乏神もどっかよそへ行ってくれるだろうって。私が道に迷った経緯を話しているときに、あいつら、ひそひそとそんなことを話し合っていやがったというわけです。

それがほんとうなら、私が逃げ出したのは、まさしくあいつらの期待通りの展開だったのでしょう。それなのに、わざわざ追いかけてきたのは、ほら、こいつのせいなんです。あの家にのこしてきた荷物を、持ってきてくれたんです。男が私にこう言うんですよ。

「貧乏神の持ち物なんていらねえよ。家の中に置いとくのもいけねえし、捨てるのも罰当たりだし、こいつを返すためにあんたを追いかけてきたんだ」

「じゃあ、地面からほりだした指は？」

「あれは、たまたま地面にうまっていた木の枝さ」

ほんとうかどうかはしりませんよ。だけど、ああいう雰囲気だったし、男がそれを指だと言うもんですから、だれだって木の枝と指を見まちがえるでしょうよ。

その後は、おたがいの誤解もとけて、熊のような男と肩をたたきながら談笑することができたんです。あらためて話してみれば気さくな人たちでしたよ。奥さんは髪をきちんと整えていました。顔がよく見えるようになると、とんでもない美人だとわかったんです。前にたれさがっていた髪の毛は、こわい話をするための雰囲気作りだったんでしょうね。三人はそれから、ひそひそと耳打ちをするように、この温泉宿に一泊して明け方に帰る相談をはじめました。

私が彼らにわかれを告げて部屋にもどったとき、蠟庵先生はねむっていましたし、輪も自分の部屋にひっこんじまっていたから、私はだれにもそのことを話せないままだったんです。だからこうして、夜のうちにあった出来事を、まとめて話そうとおもった次第です。

だけどね、話はこれでおしまいじゃあないんですよ。そっからひとねむりして、次の日の朝のことなんですけどね……。

ええ、そうなんです、ついさっきのことです。私がさっき見聞きしたことを語らせてください。出発の用意をしながらでも結構です。この宿にもう何泊かできたらよかったんですがね、やっぱり今すぐにここから出て行ったほうがいいとおもうんです。私はついさっき、外で雀の鳴いている声でねむりからさめたんです。朝のお日様が障子を白くかがやかせていました。蠟庵先生と輪はとっくに目が覚めて散歩をたのしんでいらしたようですね。私はしばらくの間、布団のなかで昨日のことをおもいだして、ぼんやりしていたんです。そのうちに小便がしたくなってきて、厠《かわや》を探しにいきました。

部屋を出て廊下をあるいていると、庭の竹林をながめられるところに出ましてね、青々とした色をたのしんでいましたら、ふと鼻先を何かがよぎっていったんです。そよ風のようでしたが、ほんのりとあたたかい。ふっと吐息をかけられたようにも感じました。おどろいて目をこらしてみると、私のすぐ目の前に、ぼんやりとした明かりがうかんでいたんです。

提灯みたいなあわい光でした。女の語った『送り提灯』に登場したような不可思議な明かりですよ。手をのばせばふれられるくらいのところで、ふわふわとただよっているんです。弱々しい明るさでしたから、目をこらさなければ、朝日のなかでうすくなって見えないほどでした。悲鳴こそあげなかったものの、私はあっけにとられちまいました。目をこすり、まばたきしてみましたが、その明かりは消えやしません。

ふわふわとただようみたいにそいつは廊下をすすみました。すこし行ったところに廊下の分かれ道がありましてね、その片方へと明かりは入り、私が来るのを待つかのようにとまっているんです。

「厠まで案内してくれるのか？」

おそるおそるたずねると、いいからこっちに来いと言いたげに、くるりと円を描きました。おそろしくはありましたが、好奇心に負けて明かりの方へ行ってみることにしたんです。

すすんだ先に厠なんかありはしません。そちらにあったのは玄関でした。もうひとつ角をまがれば三和土《たたき》が見える場所にさしかかったとき、話し声が聞こえてきたんです。

どうやら、例の一家と宿のご主人が、なにやら玄関先で話しているようでした。ちょうどこれから家に帰るところだったんでしょう。宿のご主人はそれを見送りに出ていたというわけです。せっかくだから私も声をかけてみようかと、そちらにむかっていたところ、先導していた明かりが私を通せんぼするように鼻先からうごかないんです。ここで見ていろと、そう言いたかったのでしょう。私は廊下の角のところから彼らをながめることにしました。

あの一家は温泉につかってさっぱりした様子でした。宿のご主人とは顔見知りだったらしく、打ち解けた雰囲気で談笑されていましたよ。立ち話がつづいたあと、それから宿のご主人が、布につつんだ細長いものを懐《ふところ》から取り出したんです。

「ほら、よくはたらいてくれたね。今日のお駄賃だ」

宿のご主人は少年の頭をなでて、そいつをくれてやったんです。少年が布をといてみると、つつまれていたのは、切り取られた人間の指でした。少年はうれしそうにぱっとわらうと、そいつを口にくわえてしまったんです。爪のついている方を奥につっこんで、骨の見える方をくちびるの隙間からぶらさげていたんです。

私は無意識に後ずさりしていたんでしょうね。後ろの方にあった襖《ふすま》にいつのまにか寄りかかっちまって、その重みで襖がはずれやがったんです。どたん、ばたん、と騒々しい音をたてながら、私はころげるように、その部屋にたおれこんじまいました。

玄関先にいた四人が、こちらをふりかえったのが見えました。でも、それどころではなかったんです。私がたおれこんじまった部屋のおぞましさに、頭の中が真っ白になっちまったんです。

その部屋の壁にはたくさんの爪痕がありました。畳には血が飛び散ったような跡があるし、足の裏に変な感触があるとおもったら、人間の歯みたいなもんがころがっていたんです。いったいそこで何があったんでしょう。

とまどっている私の耳に、あの笑い声が聞こえてきました。玄関先から宿のご主人が私を指さし、腹をかかえ、目をむいておかしそうにわらっているんです。

私はこわくなってそこから走り去ると、この部屋にもどってきたという次第です。私がおもうに、あの三人の話は、やっぱり作り話なんかじゃなかったんですよ。私はこの宿に逃げてきたのではなく、連れてこられたのでしょう。茂みのなかを方向もわからず駆け回っていたようにおもっていましたが、その実、巧妙に三人が私を取り囲み、彼らの気配から逃げようとしているうちに、この宿へと誘導されていたのにちがいありません。この宿こそ、あいつらの話に出てきた、あの方のお屋敷ってところだったんですよ。

さあ、はやいところ支度をして、ここを離れましょう。あの笑い声が聞こえますか。だんだんとむこうのほうから、ちかづいてきているのがわかりますね。もうじき、襖をあけて、部屋に入ってくるはずです。そのとき、はたしてそこに立っているのは人間の形をしたものでしょうか。

まるでわるい夢を見ているようです。

ほら、もうすぐそこまで。

はっきりと聞こえます。

あの笑い声が。

# 水汲み木箱の行方

道とはかつて自然発生的にできたものである。そこに人が住み、行き来しているうちに、踏みならされて道ができる。川沿いに、あるいは尾根伝いに。道は地形に沿ってうねっていた。

対照的に直線的な道もある。それらは大抵、都を中心として計画的に整備されたものだ。ちいさな谷は埋め、峠付近は切り通しにするなどして、できるだけ直線的に平《へい》坦《たん》になるようつくられている。この傾向は、海を越えたところにある、異国の思想が影響しているという。

戦《いくさ》が多かったころは、各藩でばらばらに道の整備がおこなわれていた。領内の道は整えるが、隣の藩と行き来するような道はあえて放っておかれたそうだ。これには理由がある。領内では物品の輸送を円滑におこないたいが、隣の藩と行き来するような道をつくったら攻め込むのを容易にさせてしまうからだ。この風向きが変わったのは、戦の時代が終わり、全国統一がなされて以降のことである。今度は中央から各地へ伝令を飛ばすために各藩を貫く街道の整備が必要となった。

街道が整備されると人が行き来するようになる。神社仏閣をめぐり、名所旧跡をながめるための旅が人々の娯楽となった。しかしまだ普通の者にとって旅は身近なものではない。自分の生まれた村を出ずに一生を終えるという者だってめずらしくはないのだ。大半の人は、宿の泊まり方や、関所を通る方法、旅先で気をつけるべきことを何もしらない。そのため、懇切丁寧に旅のやりかたを指南した旅本などと呼ばれる本が読まれるようになった。友人の和泉蠟庵《いずみろうあん》が書いた『道中旅鏡《どうちゅうたびかがみ》』もそのひとつだ。

「蠟庵先生、ここはどこでしょう」

荷物を背負いあるきながら私は前方をすすむ和泉蠟庵に声をかける。男にしてはめずらしい長髪を後ろでしばり馬の尻尾《しっぽ》のようにしている。さきほどから私たちは湿地帯をあるいていた。しめってぬかるんだ土に足をとられてあるきにくいことこの上ない。

「何を言ってるんだ、耳彦《みみひこ》。私がしってるわけないじゃないか」

和泉蠟庵が自信満々に言ってのけたので、私はため息をつく。もう一人の付き人である輪《りん》という少女が私の横でつぶやいた。

「また、いつもの不毛がはじまったみたいですね」

この娘は和泉蠟庵を雇って本を書かせている版元の人間であるが、こうして旅に同行して、いっしょに道に迷って不毛な時間をすごすのだ。彼女がわざわざ同行しているのには理由がある。旅の経費として版元が出してくれた前金を、和泉蠟庵が持ち逃げしないように見張っているのではないか。きっとそうにちがいない。

「輪、その荷物、貸しな。持ってやるよ」

彼女がくたびれている様子だったので、私は気をきかせてみた。しかし輪は首を横にふる。

「いいです。耳彦さんにわたすと、持ち逃げされるかもしれないので」

「こんな場所でするかよ。あほか」

「そもそも、どうして私が旅に同行してるかご存じですか？　おじさんがわたした前金を、耳彦さんがくすねて持って行っちゃうんじゃないかっていう心配があるからなんですよ」

輪の言うおじさんとは、版元の主《あるじ》のことである。私は無精髭《ひげ》をぼりぼりとかきむしった。前方をあるいていた和泉蠟庵も、私たちの会話を聞いていたらしい。

「輪、あまり耳彦をいじめてはいけない。彼にもいいところはあるんだ。こそ泥みたいな風貌《ふうぼう》だけれど」

「耳彦さんのいいところって、どこですか？」

輪が和泉蠟庵に聞いた。彼に話しかけるとき、輪の声はすこし高くなる。

「たとえば、そうだな……」

言葉のつづきを待ちながら、私と輪は、和泉蠟庵の後方をあるく。ぬかるみに足をとられ、疲れがたまっていった。日が暮れはじめている。夜までに湿地帯を抜け出したいものだ。

「まあ、いいじゃないか、そんなことは」

和泉蠟庵が言った。どうやらおもいつかなかったらしい。

「先生、これから行く温泉、どんなお湯でしょうね」

「噂では、濁っているらしいよ。濁り湯と呼ばれてるそうだ」

「へえ、どれくらい、濁ってるんでしょう」

「耳彦のすさんだ目とおなじくらいではないかな」

旅をする者にとって温泉は重要な目的のひとつである。和泉蠟庵は旅本執筆のために各地の温泉まで足を運び、お湯の質や効能をしらべているのだ。私たちはその旅に同行しているわけだが、彼には迷い癖というやっかいな性質があり、順調に目的地へ到達することはまれである。空が暗くなりはじめたころ、なんとか湿地帯を抜けた。足の裏が固い地面をふむ。茂みをかきわけると、村を見下ろす丘の上に出た。民家の明かりを見つけて、私たちは安堵《あんど》の息をもらした。

田んぼにはさまれた道を抜けて、村はずれの家を訪ねる。比較的、おおきな屋敷だった。疲れた顔の女が玄関先に出てきて、和泉蠟庵が交渉すると、一晩だけ泊まらせてもらえることになった。はしゃぎまわる子どもたちの声が屋敷の奥から聞こえてきた。ここに住んでいるのは、母親と二人の子どもの三人だけで、女の旦那《だんな》は死んでしまったという。

「落石の事故で、頭がつぶれてしまったんです」

方言まじりで聞き取りにくい女の話を、和泉蠟庵が訳してくれた。女の名前は指臓《しぞ》子《こ》といった。屋敷にあがる前に、私たちは着物の泥をはらい落とす。ぬかるんだ地面をあるいたせいで、着物の裾《すそ》や足が泥まみれだ。それを見て指臓子が提案した。

「先に足を洗っていただきましょう。こちらへどうぞ」

家をぐるりとまわり、裏から炊事場に入った。

「この水をつかってください」

透明な水が桶《おけ》にはられていた。庭の井戸から汲《く》んだものだろう、とおもったが、どうやらちがった。

壁の腰くらいの高さに木箱が設置されている。木箱の正面の板に小さな穴があいており、そこから白色のぶよぶよとした紐《ひも》状のものがたれさがっていた。紐の先端が竹のはさみでとめられており、女がそれをはずすと、水が出てきて桶の中に滴り落ちた。私たちはその水で足を洗いながら木箱をながめる。

「これはどういう仕組みになっているんです。箱の中から水が湧き出てくるなんて」

私は指臓子に質問する。

「この水は、箱から生まれてくるのではありません。井戸から吸いあげているんです。ほら、ここにも腸がつながっていますでしょう？」

「腸？」

「これです」

木箱の側面にも穴が開いており、白い紐状のものが出ている。そちらは壁の穴を通り抜けて外に消えていた。

「こちらの腸が庭の井戸までつながっているんです」

何の動物のものかはわからないが、腸を、水の通る管として利用しているらしい。それにしても、どのような力で水をここまで引っ張りあげているのだろう。腸のつながっている木箱があやしかった。からくりが仕込んであるのにちがいない。

「後学のために、その箱の中身を見せてはいただけないでしょうか？」

和泉蠟庵が、興味津々という顔つきでたずねた。しかし指臓子は弱々しい笑みをうかべて首を横にふった。

翌朝、腸から滴る水で私たちは顔を洗った。その家を後にするとき、目指している温泉地のことを指臓子に聞いてみると、あるいて半日ほどの場所であるという。指臓子と二人の子どもに手をふり、私たちは温泉地にむけてあるきだした。

輪の口数がすくなかった。話しかけてみると、妙なことを言い出す。

「昨晩のことです。深夜に目が覚めて、私は厠《かわや》へ行ったのです。そしたら、子どもたちが土間にじっと腰かけていたのです。外から入る月の明かりで、子どもたちのちいさな影が見えたんです。眠れなくて、起きていたのでしょうか。あの子たち、木箱にむかって、話しかけていたのです。〝お父さん〟って、木箱にむかってそう呼びかけていたのです」

## 二

指臓子の家の井戸はとてつもなく深い。のぞきこんでも水面は見えず、墨を流したような暗闇が立ちこめているだけだ。石を投げこむと、しばらくは無音がつづき、石のことなんてわすれたころにようやく水の音が返ってくる。桶で水を汲みあげていたころは大変だった。桶に結んでいた縄はとてつもない長さになり、村を端から端まで結べるのではないかとおもわれた。井戸に投げこんで水をさらった桶はずっしりと重い。指臓子の貧弱な腕では、一度に引っ張りあげることができず、途中で何度も休憩しなくてはいけなかった。休憩といっても縄を離すことはできない。桶が落ちて、またはじめからになってしまう。親戚《しんせき》の勧めで頭吉郎《とうきちろう》と夫婦になるまで水汲みの苦労はつづいた。

頭吉郎という男は、頑丈な体と温厚な性格を併せ持つ大男で、指臓子を片手でひょいと持ちあげてくるくると回すこともできた。頭吉郎が井戸の水汲みをするようになり、指臓子はだいぶ楽になった。筋肉におおわれた頭吉郎の腕が、縄をぎりぎりとひっぱり、井戸から水を汲みあげるとき、指臓子は夫を応援した。

ある日、頭吉郎が野良仕事からもどってきて、井戸のそばでだまりこんでいた。

「なやんでることでもあるのかい？」

「俺が死んだときのことをかんがえてたんだよ。おまえ、俺がいなくなったら、前みたいに何度も休みながら井戸の水を汲まなくちゃいけなくなる。おまえの細腕じゃあ大変だ。なんとか今のうちに工夫しときてえな」

「あんたが死んだときのことなんか、かんがえたくないよ」

「でも、何が起きるかわからねえ。俺が死んでもこまらないように、井戸水をかんたんに汲みあげるいい方法がないだろうか？」

「そんな方法があれば、みんなそうしているさ」

頭吉郎が自分たちをのこして死ぬなんてことはおこりえない。先に死ぬのは、生まれつき体が弱く、風邪ばかりひいている自分のほうだろう。指臓子はそうかんがえていた。頭吉郎は、生まれて一度も病気をしたことがないそうだ。腐ったものを食べてもお腹をこわさないし、犬にかまれても、毒虫にさされても、平気なのである。こんなに頑丈な男はいない。

そのような頭吉郎が死んだ。落石が原因だった。何人かの村人といっしょに山裾の畑で仕事をしていたときのことだ。ころがってきた大岩が、手伝いに来ていた子どもたちを押しつぶそうとしたのである。頭吉郎は咄嗟《とっさ》にはしって子どもたちをかかえると、安全なところにむかって投げとばした。しかし彼自身は逃げることができず、岩に突き飛ばされ、ころんでしまった。ちょうど頭の上に別の岩がふってきて、首から上が一瞬のうちにつぶれてしまったのである。

頭吉郎の体は村人が運んできてくれた。死んだ場所から家までの道に、彼の血が滴って赤い線を描いた。指臓子と子どもたちは、頭吉郎の体に抱きついて夜通し泣いた。子どもたちは泣き疲れて眠ってしまい、指臓子は月明かりの中、分厚い胸板に頭をのせてじっとしていた。横たわる頭吉郎の巨体は山のようである。ぬくもりをなくして、冷えており、くっついていると、指臓子の体もつめたくなっていく。それでもはなれることができなかった。

夜明け前に風がふいて屋敷の障子をふるわせた。

遠くで犬が鳴いていた。

そういうしずかな夜明け前に、指臓子は、その音を聞いた。

どっきん、どっきん、どっきん……。

最初はかすかな音だった。でも、次第に力強く、頭吉郎の胸板の奥から、そのような音が聞こえてきたのである。音と同時に振動もあった。彼の胸にくっつけていた指臓子のほおや耳が、頭吉郎の心臓の鼓動を感じた。心臓がうごいている！　夫はまだ生きている！　と、よろこんで顔を上げたものの、しかし頭吉郎の首から上はつぶれており原形をとどめていない。体もつめたいままだし、彼が起きあがる様子もない。

指臓子は親戚に来てもらい、頭吉郎のことを相談してみた。親戚は最初のうち指臓子の話をしんじなかったが、頭吉郎の胸に耳をあてると、顔を青ざめさせていた。しばらく腕組みしてかんがえこんだ後、親戚は指臓子に言った。

「しかし、まあ、こういうこともあるのだろう。あっという間に死んじまったから、心臓がそれに気づかないでうごきつづけているのだよ。なあ、指臓子、鶏の首をちょん切ったことあるか？　鶏の首を手斧《ちょうな》なんかでちょん切るとだな、体のほうは、頭がなくなったことに気づかないで、しばらくはそこら中を駆けまわるんだ。それとおなじようなもんだ。頭吉郎はたしかに死んでいる。この心臓も、自分が死んでることに気づいて、そのうちしずかになるだろうよ」

心臓が止まってから埋葬しようとおもい、頭吉郎の体を何日か部屋に寝かせておいた。指臓子が半日かけて井戸から水を汲み、つかれて家にもどると、頭吉郎の体のまわりに、子どもたちの摘んできた草花がならべられていた。やがて頭吉郎が異臭を発するようになる。しかし胸に耳をあてると、あいかわらず心臓が、どっきん、どっきん、と音を出している。頭吉郎の体に蛆《うじ》がわきはじめたので、親戚や村人たちの勧めにより、心臓がうごいているにもかかわらず家の裏へ埋めた。小さな墓石を設けて、お坊さんにも来てもらった。その後も度々、指臓子と子どもたちは、地面に耳をくっつけてみた。頭吉郎の心臓の音が聞こえてくるような気がしたのだ。

今も土の中でうごいているのではないか。

夫の心臓は鼓動しつづけているのではないか。

気になって眠れなくなったある晩のこと、ついに指臓子は墓を掘り返してみた。どろどろに腐って蛆の塊《かたまり》のようになった頭吉郎の体が土の中から出てくる。その中に手をつっこんで、心臓のあるあたりをまさぐってみると、手の中に、どっきん、どっきん、と蠢《うごめ》くものがふれた。固い肉の塊だった。つかんで、引き抜き、こびりついたものを落とす。それの表面は艶《つや》やかで、月明かりを照り返していた。指臓子のにぎりこぶしを三つくらいあわせたようなおおきさの立派な心臓だった。

指臓子の持ち帰った心臓を見て、子どもたちは「お父さん！」とはしゃいだ。子どもたちが心臓にほおずりすると、赤紫の肉が痙攣《けいれん》するようにうごいて、子どもたちはくすぐったそうにしていた。二人の子どもは、頭吉郎の心臓をとりあって、今晩はどちらが抱っこして寝るかという喧嘩《けんか》をはじめた。

結局、子どもたちは二人で心臓を抱きかかえるようにして眠った。安心しきったようなやわらかい寝顔だった。子どもたちの腕をそっとうごかして、指臓子は心臓を布団の中から引っ張り出す。両手で心臓をつつみ、頭吉郎の顔をおもいだしてあたたかい気持ちになる。それにしても、体は腐ってぐずぐずになったのに、心臓だけが艶やかな固い肉を保っているのは、どういうわけだろう？　首を切られた鶏の話をおもいだした。この心臓も、いつかは自分の体が死んだことに気づき、うごくのをやめて、腐りはじめるのだろうか。

子どもたちは心臓の父親に懐《なつ》いていた。食事をするときも膝《ひざ》の上に置いていなければすまないほどだ。そのせいで、子どもがお椀《わん》をたおしてしまったとき、心臓に味噌《みそ》汁がふりそそいでしまった。指臓子は心臓を桶の水につけて丹念にあらった。味噌汁に入れていた葱《ねぎ》が心臓の穴の中に入ってしまい、それを取るのがなかなかむずかしい。水につけると、赤紫の肉の塊は、穴に水を吸いこんで、また別の穴から水を出した。水といっしょに味噌汁の葱も出てきて指臓子はほっとする。

心臓には四つの穴があいていた。そこに血管がつながっていたのだろう。穴のうち二つは水を吸いこみ、のこりの二つから水が出てくる。どっきん、どっきん、と肉壁がはねあがるごとに、桶の中の水に流れが生じて、ぐるぐると渦をまき、ただよっている葱が円を描いた。

「ねえ、お母さん、ぼく、お父さんの夢を見たよ」

何度も休憩しながら、井戸で水汲みしていると、子どもたちが言った。

「お父さんがね、ぼくに言ったんだ。今から言う材料をあつめてこいって。木の箱と、それから豚か牛の腸と、縫《ぬ》い止めるための針と糸と……」

「わたしも見たよ、その夢。おんなじこと言ってたよ。うそだっておもうかもしれないけど」

指臓子は水汲みを途中でやめた。縄をはなすと、水の入った桶が井戸を落ちていく。しばらくたって、ようやく水音が返ってきた。二人の子どもたちは、不安そうに指臓子を見上げている。

「ほんとうだよ」

「うそじゃないよ」

「うん、わかってる」

指臓子はうなずいた。前の晩、指臓子もおなじ夢を見ていたのだ。

夢に出てきた頭吉郎は、自分の分厚い胸を指さして言った。

「俺はいいことをおもいついたんだ。だから、死んだ後も、がんばって心臓をうごかしつづけてるってわけさ。今から言う通りにしてくれ。そうすりゃ、もう井戸の水汲みなんかで苦労しなくていいぞ」

三

その温泉地に湧いているお湯は泥水のような色で、濁っており、底のほうが見えなかった。湯船に入れば、ねっとりとした感触のお湯が肌にからみついてくる。最初はおどろくが、慣れると心地よい。温泉宿『濁り湯』はあたらしい宿だ。柱の色がまだ若々しい。効能の書かれた立て札が浴場に設置されている。湯気にすかして読んでみると、この濁り湯は、腰痛、脚気《かっけ》、ひきつり、皮膚病、眼病、頭痛、虫さされ、めまいやたちくらみ、泣き虫、二日酔い、不安感、抜け毛、突き指、脱臼《だっきゅう》などに効くらしい。ほんとうだろうかとうたがってしまいそうになるが、和泉蠟庵はそれを紙に書き留めていた。

「客をふやすために宿の主人がてきとうなこと書きならべてるだけなんじゃないですか？」

女湯からもどってきた輪が、濡《ぬ》れた髪をかわかしながら和泉蠟庵に聞いた。温泉効果のおかげなのか彼女のおでこや頬が艶々としていた。

「商売上手はいいことさ。宿も繁盛し、それを紹介した私の本の売り上げもよくなる」

和泉蠟庵は筆先を墨にひたし、温泉宿『濁り湯』のお湯に関することをさらさらと書いた。その中の一文に目がとまる。

【お湯、極めて熱し。水で冷ます必要あり】

温泉宿『濁り湯』の女将《おかみ》さんは怠惰《たいだ》な人物であった。「風呂《ふろ》桶がないぞ、持ってきてくれ」などと客に言われても「はい、承知しました」と返事をするだけですぐにはうごかない。客が怒って、何度も催促して、ようやく風呂桶を持ってくる。実際に宿をきりもりしているのは女将さんの下ではたらいている数人の若い子たちである。私はその怠惰な女将さんに親近感を抱いていた。怠惰の競争なら私はだれにも負けない。

夕方に宿のまわりを散歩していたら、酒屋に入っていく女将さんを見かけた。店の入り口に【居酒致し候】と書かれた紙が張ってある。こりゃあいい。入り口をくぐってみると、酒と肴《さかな》を注文している女将さんの姿があった。

酒屋には二種類がある。酒を売っているだけの従来の酒屋と、量り売りした酒をその場で飲ませてくれる酒屋だ。それらを区別するために後者のような店は【居酒致し候】という紙が入り口に張ってある。【居酒】とは【居続けて飲む】ことであり、このような酒屋のことを最近では【居酒屋】などと呼んでいた。

酒屋の椅子にならんで腰かけて、怠惰な人間同士、私は女将さんとすぐに打ち解けた。

「どうしたんです、耳彦さん、酒がもうからっぽじゃないですか」

「おかわりをする金がないんです」

「からっぽにしておくのはいけませんね。支払いは私がしますから、さあ、どうぞ飲んでください」

私の期待した通りである。財布の心配がなくなり、私は酒を注文した。飲みながら私たちは、はたらかなくてもお金の入ってくる仕組みができないものかと議論した。しかし私も女将さんも頭の中身に問題があったので有意義な議論にはならなかった。

「私が特に嫌なのは、井戸から水を汲んで、温泉の湯を冷ますことなんです」

女将さんはろれつのまわらない舌で主張する。温泉宿『濁り湯』のお湯は高温だ。水でうすめずに入ればたちまち火傷《やけど》する。宿のそばに小川でも流れていれば、そこから水をひいてきて、楽に湯を冷ますことができたかもしれない。しかし現状、宿ではたらいているだれかが井戸水を汲みあげ、温泉の中に注ぐというやりかたでしか、お湯を冷ます方法がないのだという。女将さんはその仕事が嫌で、よく放っておいてそのままにしているらしい。

「宿がつぶれるのも時間の問題ですな」

「だって、しょうがないじゃない。井戸から水を汲むのが、どんなに大変か」

そのとき私は、ふと、一泊させてもらった家のことをおもいだした。

「そういえばねえ、井戸から水を汲みあげてくれる不思議な木箱を見ましたよ。あれがあれば、温泉を冷ますことだってかんたんでしょうなあ」

井戸水から吸いあげた水が、腸の管を通り抜けて、木箱を経由し、桶の中に滴りおちていたのだと説明してやる。すると女将さんはその話題にくいついた。

「そのからくり、なんとしてもしりたいものです！」

女将さんに懇願されたものの、あの家に住んでいた指臓子という女性に迷惑がかかるのではないかとおもい、私はしぶった。

「ではこうしましょう。この温泉地にいる間、どこの店でも、酒を好き放題に飲んでください。すべて私が支払います！」

「馬鹿な！　私を買収する気ですか⁉　あなたはずるい女だ！」

と言ってはみたものの、指臓子の家の場所がするすると私の口から出てくる。まったく、いけない口である。すぐさま女将さんは酒屋を出て行き、私はそのまま飲みつづけた。何軒、店をはしごしたのかわからない。気づくと朝になっており、私は酒屋の裏の路地で寝ていた。温泉宿『濁り湯』の場所を探してたどりつき、温泉につかってみると、二日酔いがきれいさっぱり消えた。効能に書いてあることはほんとうじゃないか、とおどろいた。その日ずっと女将さんの姿は見えなかったが、私は気にせず夜になれば酒屋に入り浸った。

翌日になっても、女将さんの姿はなく、宿ではたらいている若い子たちが心配しはじめる。私もまた不安になってきた。女将さんの名前で酒を飲んでいたけれど、その女将さんがいなくなってしまったら、請求が私のところに来てしまうかもしれない。もしもそうなったら、支払える金なんて懐にはないのである。不安感を消すため、私は何度も温泉に入った。

## 四

家の戸がたたかれたので、返事をして開けてみると、見知らぬ女が立っていた。着ているものや髪飾りから裕福な家の者だとわかる。指臓子が何も言わないうちに、女はずんずんと家に入ってきて土間を見まわす。女は真っ白な足袋《たび》を履いていた。

「どちらさまでしょうか？」

「この家に、おもしろい木箱があるとうかがっています。それをゆずっていただきたく、ここまで足をはこんできました」

指臓子の家から半日ほどあるいたところに温泉地がある。女はそこで温泉宿を経営しているそうだ。井戸から水を汲みあげる木箱の話を宿泊客から聞いて、彼女はこの家を訪ねてきたという。指臓子は困惑した。

「そんなもの、ここにはありません」

「さっき外で井戸を見たら、白くてやわらかい管が、井戸から家の壁までつながっていましたよ。あれはなんです？ 水を汲みあげるからくり仕掛けの一部なんじゃないですか？ もちろん、ただでゆずってほしいというわけじゃないんですよ」

指臓子は断って女を外に出そうとする。しかし女は食い下がって退《ひ》かない。

「からくり仕掛けの仕組みをおしえてくれるだけでいいんです。木箱の中身を見せなさい。仕掛けをつくった人はどなたです？ その方に会わせなさい！」

「だめです！ さあ、どうぞ帰ってください！」

「まったく！ 強情な人ね！」

女の背中を押して家の外へ出し戸をしめる。言い合いが聞こえたのか、子どもたちがいつのまにか障子の陰から不安そうな顔で見ていた。

「むこうであそんでなさい」

そのとき、がたんと家の壁が音をたてた。二度、三度と騒々しい音が出る。戸を細くあけて確認すると、さきほどの女が家の壁にむかって石を投げていた。

「やめてください！」

指臓子が叫ぶと、女はこちらをにらんで去っていった。こわかったのか、子どもたちが泣き出して、指臓子のそばからはなれようとしない。

その夜のことだ。子どもたちといっしょに眠っていたら炊事場のほうで物音がした。もしやとおもい指臓子は布団を抜け出した。炊事場は家の裏側にあり、そこの勝手口があいている。壁に設置していた木箱がなくなっていた。強引に外されて、つながっている腸ごと持って行かれたようだ。

泥棒は竈《かまど》の炭を踏んだらしく、足跡がそこらじゅうにのこっていた。指臓子は裸足《はだし》のままかけだし、家のまわりをさがす。昼間に来た女がしのびこんで持ち去ったのにちがいない。炊事場に木箱があることは、井戸からのびている腸のつながっている場所から推測したのだろう。

木箱がなくなったことをしり、子どもたちは泣き出した。

「お父さん、どこに行っちゃったの？」

子どもたちの問いかけに指臓子は首を横にふることしかできない。いや、あの女は、温泉宿を経営していると話していた。それなら、温泉宿を一軒ずつ訪ねてみれば、そのうち木箱も見つかるかもしれない。

「お父さんはどこ？」

子どもたちは木箱のことを〝お父さん〟と呼んでいる。木箱の中に頭吉郎の心臓が入っているせいだ。あの女は井戸水を汲みあげるからくり仕掛けがあるものとおもいこんでいたけれど、中に入っていたのは夫の体内にあった赤紫色の肉の塊だったのである。

「俺の心臓に、豚か牛の腸を縫い止めて、木箱にでも入れてくれ。縫い止めた腸の端っこを、井戸の中に放り込むんだ。腸の管を通って、俺の心臓が、水を吸いあげてくれる。心臓ってやつのはたらきを、俺は、人に聞いたことがあるんだ。うごくたびに、血を体中に送ってるんだ。それとおなじで、井戸水をおまえたちのところに吸いあげてくれるはずさ」

夢の中で頭吉郎は言った。頭吉郎の心臓は、死んだことに気づいていないのではなく、頭吉郎の意志によって、家族のもとへ水を送り出すためにうごかされていたのだ。腸から滴る透明な水を、指臓子と子どもたちは、日々、感謝しながら口にした。木箱に耳をあて、鼓動を聞き、そこに父がいることを確認して、子どもたちは安らかな顔になった。大金をつまれても、木箱をわたせるはずがない。指臓子は心臓を捜しに温泉宿をめぐる準備をはじめた。子どもたちを連れて行くかどうかまよったが、親戚の家へあずけていくことにする。

準備を終えると、子どもたちとわかれて、指臓子は出発した。

温泉地は頭吉郎といっしょに何度か行ったことのある場所だ。山道をこえて橋をわたると、硫黄《いおう》の臭いがただよってくる。山裾からところどころに白い湯煙がたちのぼっていた。温泉地に入ると、湯治にやって来た者たちとすれちがうようになり、土産物屋がならびはじめる。温泉宿を端から順番に訪ねてみることにした。数はそれほど多くないが、宿によっては距離がはなれているため、移動に時間がかかる。全部をしらべるのに何日もかかりそうだ。

温泉宿の戸をたたき、宿の者に話を聞き、あの女の人相を口で説明する。一日目は成果がなかった。安宿に泊まり、二日目もおなじことをくりかえす。くたびれてすわりこみそうになるが、父をもとめる子どもたちの顔をおもいだし、気持ちをふるいたたせた。

宿から宿へ移動する最中のこと、土産物屋をながめている男の姿に目がとまった。その人は髪が長く、馬の尻尾のように後ろでむすんでいた。長髪の男性はめずらしいため、指臓子はよくおぼえていた。すこし前に寝床を貸した三人組の旅人のうちの一人である。そういえばあの女は、宿泊客から木箱のことを聞いたのだと話していた。あの女に木箱のことをおしえたのは彼らではないのか。

「あの……」

声をかけると、男がふりかえる。

「やあ、あのときの。たしか、指臓子さんと言いましたっけ。先日は大変、お世話になりました。今日は温泉ですか？」

指臓子の様子を見て、何事かを感じ取ったらしく、男は怪訝《けげん》な顔をする。おもいきって聞いてみた。

「木箱のことを、どなたかに話されましたか？」

「木箱？　あの、不思議な木箱ですね？　いいえ、だれにも」

そのとき、やはり見おぼえのある娘がやってくる。

「蠟庵先生、こんなところにいたんですか」

「見つかってしまったか」

「さあ、部屋にもどって、旅本のつづきを書いてください。旅からもどったら、すぐに出版しますよ」

「いくらなんでも、急ぎすぎじゃないか？」

「こういうのは、早いほうがいいんです。だって、明日、ここの温泉が涸《か》れちゃうことだってあるかもしれませんよ。書いてあることが古くなったら、それをあてに旅へ出た人がこまるじゃないですか」

娘が指臓子に気づく。

「あれ？　この前の……？」

指臓子は会釈する。長髪の男は和泉蠟庵という名の旅本作家であるらしい。温泉地のことを本に書くためここまで来たそうだ。

「ここの温泉のことはだいたいわかったので、もうそろそろ町にもどって執筆に入らなくてはいけないのですが、事情があって宿を離れられないのです。だから部屋にこもって本を書かされているというわけです」

「逃げ出さないように見張ってたのに、いつどうやって外に抜け出したんですか？」

娘は輪という名で、本を出版する版元の人間であるという。

「さあ、先生、宿にもどって書いてください。宿に足止めされている今のうちに」

「旅をたのしませてくれたっていいじゃないか。きみも温泉につかってきなさい。足止めと言ったって、どうせすぐに女将さんはもどってくるよ」

「女将さんと言いましたか？」

「ええ、そうです。女将さんがふらりとどこかへ行ったきり、もどってこないのですよ」

和泉蠟庵が説明する。

「荷物持ちにやとった男が、この温泉地で借金をこさえそうなんです。ほら、あの、もう一人いたでしょう？　貧相で、目の下に隈《くま》のある、貧乏神みたいなやつが。そいつ、耳彦ってやつなんですがね、宿の女将さんが払ってくれる約束をしたからって、おもう存分、酒を飲んでいたんです。でも、女将さんがどっかに行ったきりもどってこない。酒屋は耳彦の酒代を宿に請求したんですがね、宿ではたらいてる若い子たちがそれをつっぱねたんです。耳彦の言ってることがほんとうかどうか女将さんに確認するまでは支払いを許可できないって。だから、女将さんがもどってくるのを、私たちもこの温泉地で待っているというわけですよ」

彼の横で輪が腕組みして怒っている。

「耳彦さんにはあきれました。蠟庵先生、あの人はここに置いてゆきましょう」

「それがいいかもしれないな」

「あのう……」

指臓子はおそるおそる、彼らの宿泊している温泉宿のことを聞いてみた。温泉宿『濁り湯』という場所に彼らは滞在しているという。指臓子のところへ来たのはそこの女将らしい。顔立ちを聞いてみると、特徴がすべて一致した。女将がいなくなった日と、指臓子の家を訪ねてきた日もおなじだった。しかし、女将は宿にもどってきていないという。いったいどこへ消えてしまったのだろう？　指臓子が混乱していると、和泉蠟庵が声をかける。

「なにか問題が起きたんですね？　どうぞ聞かせてください」

何もかも指臓子はおしえることにした。

その日のうちに問題は解決し、女も見つかった。

五

お湯が熱すぎて入れないという苦情があった。水をまぜてぬるくしてほしい、でないと火傷してしまう、などと客が言う。温泉宿『濁り湯』ではたらいている者は全員おなじ色の着物を身につけているが、私も例外ではなかった。客の苦情を聞こえないふりをして、私はいそがしく廊下を行ったり来たりした。実際は何もしていないのだが、はたらいているふりをしているのだ。そのうち、私の怠惰がばれてしまい、女将さんの代わりに温泉宿『濁り湯』を仕切りはじめた若い子からしかられてしまった。

「そんな調子だと、賃金を払うわけにいきません！　ちゃんとはたらいてください！」

「はたらく……。私がもっとも忌み嫌う言葉だ……」

「あなたねえ、ふざけてるんですか⁉　あなたのせいで女将さんは……！」

「私はただ木箱のことをおしえただけだ。まさか、それを盗もうとするなんて。ああなったのは、自業自得だよ」

そう言ってはみたものの、責任を感じていなかったわけではない。

「わかった、はたらくよ。はやいところ酒代を返さなくては、蠟庵先生にもわるいしな」

私の酒代は温泉宿『濁り湯』が肩代わりしてくれた。その分を宿ではたらいて返すことになり、和泉蠟庵と輪もしばらくこの温泉地にとどまることになった。旅が長くなったせいで経費が余計にかかってしまったと、顔をあわせるたびに輪から責められる。

「いっそのこと酒代も経費で出してくれればいいじゃないか。そうすりゃあ、はやく帰れるから、追加の宿代がなくなって、収支はとんとんだぜ」

そう提案してみたけれどだめだった。輪という小娘が私には鬼に見えた。

蠟庵先生はあいかわらず飄々《ひょうひょう》としたもので、予想外の長期滞在をたのしんでいる。土産物屋をながめてあるき、湯煙にまかれては道に迷ってどこかにいなくなる。いつのまにかもどってきたとおもったら部屋で何かしらの書き物をしている。

「女将さんが死んだのは、日々の仕事を怠ろうとした結果だとも言えないかね。耳彦、きみもおなじ道をたどらないように気をつけたほうがいい。きちんとはたらいて、お金を返しなさい」

女将さんの葬式のとき、和泉蠟庵が私に言った。

女将さんが発見されたとき、私はその場にいた。

「女将さーん！　どこにいるんですかー！」

大声を出して、一番、熱心に捜していたのは私だった。女将さんがもどってこなければ、酒代が自分に請求される可能性があったからだ。近隣の村の住人や、宿ではたらいている者や、和泉蠟庵と輪とともに、女将さんを捜して道をあるいた。指臓子という女もいっしょだった。指臓子の話によって、女将さんは木箱を手に入れるため彼女の家に行ったらしいと判明した。しかしそのまま何らかの理由で温泉地にはもどっていないようだ。帰り道の途中で迷子にでもなったのか、それとも何かにおそわれたのか。温泉地から指臓子の家までの道を大勢で捜すことになったのである。

「おーい！　こっちだー！」

山道の途中で村人の一人が声をあげた。行ってみると、茂みの中に木箱の蓋《ふた》らしきものがころがっている。例の木箱の蓋にちがいないと指臓子が確認した。道の片側はほぼ崖《がけ》のような急斜面だ。下をのぞきこむと不自然に木の枝が折れていた。女将さんはこの場所で木箱をあけて中を確認したのではないか。木箱の中身についてはすでに指臓子から聞いていた。女将さんは木箱の中に入っているものを目にして、おどろき、その拍子に足をすべらせて斜面を転がり落ちたのではないか。

私たちは斜面を下りて女将さんを捜した。名前を呼びながら、茂みをかきわけてすすんでいると、奇妙な音が聞こえてきた。

ぶじゅう、ぶじゅう……。

くっちゃ、くっちゃ……。

ぶじゅう、ぶじゅう……。

くっちゃ、くっちゃ……。

それが見える場所に来ると、指臓子が口元をおさえた。無数の野犬が女将さんを食い散らかしていたのである。全員で野犬を追い払い、和泉蠟庵が女将さんの体をしらべた。

「斜面を転がったとき足を怪我したようだ。枝がささっている。大量の出血も」

「あの犬たちは？」

「血のにおいにさそわれてきたのだろう。石を投げて追い払おうとした形跡もある」

からっぽの木箱が、木の根元に転がっている。

ぶじゅう、ぶじゅう……。

水気をはらんだ音が、ほんのすこし見上げたところから聞こえてきた。木の枝に赤紫色の艶やかな肉の塊がひっかかっている。肉壁が収縮するたびに、縫い止められたれさがっている白い紐の先端から音がした。

ぶじゅう、ぶじゅう……。

斜面を転がったとき、木箱から飛び出して、枝にひっかかってしまったようだ。二本の腸をぶらさげており、長い方の先端は女将さんの体のそばにあった。辺り一帯に血の臭気が充満している。茂みの葉や、木の幹、あらゆる場所に血の飛沫《しぶき》の乾いた跡がある。どうやら、女将さんの体から流れた血を、あの心臓が高い位置にまで吸いあげて、辺りにまき散らかしたようだ。風にのった血の臭気に誘われて野犬はあつまってきたのだろうと和泉蠟庵が言った。

ぶじゅう、ぶじゅう……。

乾きはじめた血が、腸の先端にのこり、心臓が鼓動するたびに音をたてる。枝にひっかかっていた心臓にむかって指臓子が手をのばした。両手につつみこんで、彼女は安らかな顔になる。血の臭気が蔓延《まんえん》する陰惨な場所で、私たちはだまりこみ、彼女と心臓を見つめた。

その後のことを、噂に聞いた。指臓子は再婚し、幸せにやっているという。

酒代を返し終えて、旅にもどった私たちは、数年後にまた、その温泉地を通りかかって、温泉宿『濁り湯』を訪ねてみた。そこではたらいている者が、私たちにそのことをおしえてくれたのである。

指臓子の子どもたちにあたらしい父親ができて、しばらくしたときのことだ。井戸水を汲みあげていた心臓はついにうごくのをやめた。だんだんと鼓動が弱くなっていき、家族の手の中で、やがて完全にしずかになったという。不可思議な心臓は、そうしてようやく墓に葬られたそうだ。

# 星と熊の悲劇

# 一

混乱の世が落ち着きを見せるまでは、国と国を結ぶ道は整備されていなかったという。他国からの侵入をむずかしくするためだ。しかし国が統一されてからは、伝令を隅々まで行き渡らせるために街道の整備がおこなわれた。国と国が結びつき、人々にとって旅のしやすい世の中になる。一生に一度はと、何ヶ月もかけて神社仏閣への参詣を行う者がおおくなった。参詣のついでに温泉地をめぐり、その土地でしか味わえない食べ物を口にする。和泉蠟庵《いずみろうあん》の旅本は、そういう者たちにとっての指南書である。神社仏閣への行き方や、そこでのふるまい方などが書かれている。

「蠟庵先生の本は、神様や仏様のおかげで売れているというわけです。人々はお参りして、祈ったり、すがったりする。だからこそ町や村を遠くはなれて旅に出ようと決意するのです。そうじゃなかったら旅本なんて求める人はいなかったでしょう」

山道をあるきながら私はかんがえを口にする。後ろをあるいていた少女が返事をした。こいつの名前は輪《りん》という。

「参詣はただの口実かもしれません。温泉やめずらしい食べ物をたのしみにしている人だっていますよ」

「私が言いたいのは、つまりこうだ。人々はいつの世も神様や仏様を求めている。救われたがっている。そういう人が読みたくなるような話を、旅本に書けばよいのだ。そうおもいませんか、先生」

前をあるいていた長髪の男にむかって私は言う。

「それでは次の本には釈迦《しゃか》の説法でも書くとするか」

和泉蠟庵は、私を荷物持ちとして雇っている人物だ。彼は旅本を書くにあたって、わざわざ各地へおもむき、神社仏閣を見て回り、温泉につかってくるというのをくり返している。しかしながら現在、彼の前にふたつの困難が横たわっている。ひとつめは、本の売れ行きがかんばしくないということだ。様々な旅本がすでに出版されている。旅が庶民の娯楽になったとはいえ、年に何回も旅をする者はまれだ。何ヶ月もかけて遠くの神社仏閣へ参詣し、そのおもいでを一生ものとして大事にするというのがほとんどだ。だから旅本などというものは一冊あれば充分。近所に一冊あれば、孫の代まで事足りる。頻繁に出版して売れるものではない。

「市場が飽和したようだね。まあよい、たいしたことではないよ」

和泉蠟庵は悠然とした態度でそんなことを言う。心配そうなのは旅仲間の輪である。この娘は彼に旅本執筆を依頼している版元から遣わされた人間だ。

「もっとあせってください。本が売れなかったら、版元としては、旅の資金を出すことはできなくなっちゃいます」

上り坂をすすみながら、私は人差し指をたてる。

「そうだ、先生、旅本の端っこに、各地の鉄火場のことを書いとけばいいんですよ」

鉄火場とは賭場《とば》のことだ。私はよく旅先で賽子《さいころ》をやるために賭場を探すのだが、そもそも博打《ばくち》は御法度の世であり、公に看板など出ているはずもない。うらぶれた路地でそれらしい男に話しかけておしえてもらうのだが、それが意外と面倒なのである。

「書けるわけないじゃないですか。しかられてしまいます」

輪が冷ややかに言った。

「鉄火場か。かんがえもしなかった。博打をやる者たちに旅本を買ってもらうのは、ひとつの手かもしれないな」

「蠟庵先生、まさか、本気じゃないでしょうね」

「神様や仏様を心から望んでいるのは、案外、そういう者たちかもしれない。一か八か、という言葉は賽子の丁半から来ているらしいから」

和泉蠟庵は立ち止まる。前方に分かれ道があった。一方は上り坂で、もう一方は下り坂だ。私たちはおたがいの目を見て、無言でうなずき、下り坂の方へとむかう。周囲は鬱蒼《うっそう》と植物が茂っていた。枝葉のむこうに見える空は曇っている。

気づくと私たちは坂を上っていた。はたしていつのまに傾斜が下りから上りに変わってしまったのだろうか。その瞬間をだれもしらず、しらないうちに上らされていた。私たちはため息をつく。和泉蠟庵の前に横たわるもうひとつの困難とは、まさしくこれだ。この山にはどうやら、上り坂しかないのである。

私たちは山を越えようとしているわけではない。いつものごとく迷子になり、この山へと足を踏み入れてしまっただけだ。はやいところ麓《ふもと》におりて、目的地である温泉地へとむかいたかった。熱い湯船につかって足をのばし、その後は酒をひっかけて布団へともぐりたかった。だけどこの山に入りこんで以来、上り坂ばかりがつづいている。下りの道を見つけたとおもっても、すこし行くといつのまにか上を目指している。引き返せばいいじゃないかと、はじめのうちはかんがえていた。上り坂を延々と来たのだから、来た道を戻るときは延々と下り坂のはずだ。しかし実際には、奇妙なことではあるが、引き返すとまた別の上り坂があるのだった。

この世にある上り坂の数と、下り坂の数は、まったく等しいはずではないか。立ち位置の問題だ。おなじものをどちら側から見ているかで呼び方が変わっているにすぎない。しかしこの山にはそれがあてはまらないのだ。上りの道しか存在しないのだから。また不毛がはじまったぞ、と私なんかはあきらめている。和泉蠟庵の方向音痴はすさまじく、珍妙なところに迷いこむのは、いつものことだ。輪などは意味もなく怒りはじめた。

「耳彦《みみひこ》さんの普段の行いがわるいせいだ……」

「八つ当たりするな。私が何をした」

「お地蔵様の供え物を勝手にとるからです」

「腐っちまうよりはましだろうが」

ためしに道をはずれて、茂みのなかを突っ切って麓を目指してみた。しかし道の場合とおなじで、下りの斜面はすぐにまた上り斜面へと変化する。茂みの切れ目から麓の見下ろせる場所を見つけて、まっすぐにそちらへむかっていたとしても、視界が木々におおわれて、ぐるりと方向がわからなくなり、いつのまにか山を上らされている。空を覆う灰色の雲がちかくなってきた。このまま行けばやがて雲の上へと出るにちがいない。その先、山がどこまで続いているのか定かではない。空には始終、分厚い雲がある。山の高さはわからなかった。茂みが邪魔をして稜線《りょうせん》も見えないため、地面がどこまでもせり上がって空へ続いているかのようだ。

やがて平坦《へいたん》な場所に出る。一旦《いったん》、上りの斜面はなくなって台地が広がっていた。蜜《み》柑《かん》の低木が一面にならんでいる。勝手に生えているというより、何者かが植えたような間隔で根をはっている。風の中にすがすがしい香りがまじった。実をひとつもぎって、さっそく口に入れてみると、甘酸っぱい汁で生きかえるような心地だ。

蜜柑の枝葉のむこうに、家々の屋根が見えかくれした。村だ。だれかが住んでいるらしい。竈《かまど》から出たとおもわれる煙が、茅葺《かやぶ》き屋根から空へ立ち上っている。私たちは家々のある方へむかった。

村は全体的に荒れ果てている。雑草が生い茂って、壊れた石垣を飲みこんでいる。最初に出会った村人は日陰にすわりこんでいる老人だった。着物というよりは、ぼろ布にちかいものをまとっている。蠟庵が代表して質問した。

「旅をしている者です。この山に迷いこんでしまい、麓に下りる道を探しています。ご存じありませんか」

老人はぼんやりとしたまなざしで蠟庵を見あげる。羽虫が彼の頭の上で飛び回っていた。はたして言葉は通じるのだろうかと心配になったが杞憂《きゆう》におわる。老人は首を横にふり、意外としっかりした声で返事をする。

「そんなもの、ありはしません。この山に迷いこんだ者は、ここであきらめて、嘆くことしかできないのです」

彼らは麓へ下りる道を探すのをあきらめ、ここに身を寄せ合うことにした者たちだった。ここはそうやってできた村らしいとわかる。老人と話していると、家々から村人たちが顔を出す。いずれもやせて一様に顔色がわるく、私たちを遠巻きに見つめてあわれみの表情をしていた。老人から子どもまで、様々な年頃の男女がいたものの、どいつもこいつもぼろ布を身につけている。ここにはあたらしい着物を売ってくれるような行商人が来ないのだ。顔立ちはどれも異なっており、似た顔というものがない。血縁関係にある者がいないせいだ。この村には家族というものがなく、山に迷いこんだ個人の集団なのだろう。ともかく今晩の宿を探すことにした。老人が朽ちかけの家を指さして言った。

「あそこが空いています。つかってかまいませんよ。住んでいた男は、すこし前にいなくなってしまいました」

「いなくなった？」

「茸《きのこ》をとりに出かけて、うっかりと斜面に足を踏み入れたのです。この山では下りにむかうことができないので、村にもどってこられなくなったのですよ。はじめのうちはそいつの声が斜面の上から聞こえていましたが、いつからかそれもしなくなって、今では死んでいるのか、生きているのか……」

ややこしい山だ。ともかく斜面には不用意に足を踏み入れないほうが良さそうだ。

私たちは老人に礼を言って空き家にむかった。

雑草で荒れ放題の場所にその家はあった。木の枝を組み合わせた骨組みに、粘土を塗りたくったような壁だ。屋根は藁《わら》葺きで、梁《はり》の上に木の皮でくくりつけてあるだけだ。和泉蠟庵は腕組みをしてその造りをながめる。

「一箇所も釘《くぎ》を使っていない。板状に加工した木材も見当たらないな」

屋内には石を組み合わせたような簡素な竈があった。その他は何もない。板の間さえないため、寝るときはなめらかな土の上に寝るしかない。たっぷりの枯れ草をはこんできて、その上で私は横になる。和泉蠟庵はふらりとどこかに消えた。山から下る道を調べにむかったのだろうか。輪は村人に湧き水の出る場所をおそわっていた。植物の葉を編んだような桶《おけ》で水をはこんできて、木片を石で削ったようなお椀《わん》でそれを飲んでいる。

「おい、輪、茶をくれ」

「待っててください。お湯をわかします。この村には鉄の鍋《なべ》がないらしいので、こうしてるそうです」

輪は竈の上で石を熱していた。充分に石が熱くなったところで、水の入った桶を竈の横に持ってくる。木の棒をつかって、桶の水に石を落とすと、じゅうと泡をたてながら水が沸騰する。お茶の用意を手伝うことにした。お茶の葉は輪が荷物袋に入れて持ち運んでいる。旅先で買ったおいしいお茶の葉を、輪は大事にかかっていた。しかし手が滑って私はそれを足もとにまき散らしてしまう。

「そんなに怒らなくてもいいではないか」

輪がお湯を私にむかって浴びせかけようとする。家を飛び出して、村を散歩することにした。

　やせ細った村人たちが蜜柑の木のそばにすわり込んでいた。すべての気力を失ったように膝《ひざ》をかかえている様子に親近感を抱く。博打で金を失った者たちが賭場の前でよくそうしているし、私もよくそうなるからだ。私が目の前を通って、さきほどやってきた旅の者だと気づくと、弱々しい表情で会釈をしてくれた。家々のそばにころがっている薪《まき》割り用の斧《おの》は、刃が鉄製ではなく、尖《とが》った石だ。この村には鍛冶《かじ》場がない。鉄器を交換してくれる相手との交流もないのだろう。

「酒を飲めるところはないか？」

私は村人の女に聞いた。女はぼろぼろの着物をまとって、木の実を拾い集めている。骨に皮膚がはりついているだけの老女だ。

「そんなもの、ありはしませんよ」

そして老女はこらえきれなくなったように嗚咽《おえつ》しはじめる。どうしたのかとたずねてみる。

「つらくて、つらくて、しかたないのです。孫に会いたい、家に帰りたいのです」

老女は頰を拭《ぬぐ》いながら木の実をひろいつづける。

小川を見つけた。私のなかに、ひらめくものがあった。水は高いところから低いところに流れていくものだ。小川に沿って下流にむかっていくと、どうなるのだろう。

ためしに水の流れていく方へとあるいてみることにした。しかし村の端まで行くと、水のよどんでいる池があり、小川はそこで途絶えている。池の水は暗く、地面はぬかるんでいる。泥を人差し指ですくってみると、どうやら粘土らしいとわかる。これで家の壁を固めたのだろう。

気づくと池の畔《ほとり》に人影があった。女だ。髪は長く色白で、幽霊かとおもったが、どうやらちがうらしい。私に気づくと女は、はっとした顔で警戒する。

「私は、旅のもので……」

私はそう言いかけて立ち止まる。これほどうつくしい顔の女を見たことがなかった。着ているものは薄汚れていたが、それでもなお、淡く内側から光っているようにさえ見える。よどんだ池の縁で、女は困惑するように長い睫毛《まつげ》をふるわせた。私が一歩、距離をちぢめると、おびえた栗鼠《りす》のように女は遠ざかり逃げてしまった。

二

下りの道をしっている者はいなかった。私たちは村に滞在しながら山から出る方法を探すことにする。三日目の朝のことだ。雀の声で目ざめた私は、枯れ草をしいただけの寝床をはなれ、背伸びをしながら外へむかった。家の裏で小便しようとしたら、蜜柑の木が並んでいるあたりから大勢の気配がする。行ってみると村人たちがあつまっており、腕組みをした和泉蠟庵や輪もいた。

「どうしたんです、深刻そうな顔をして」

みんなの目が、地面に落ちている握り拳《こぶし》ほどのおおきさの糞《ふん》にむけられている。なるほど、と私は村人たちを見回す。

「やい、どこのどいつだ、こんなところで糞《くそ》をたれたのは。犯人は出てこい」

輪があきれたような顔をするものだから、私はあわてた。

「よせよ、そんな目で見るんじゃない。私がやったんじゃないぞ」

「わかってますよ。面倒くさい人ですね」

「じゃあ、犯人はわかってるのか？」

「はい、たぶん。人ではありません。だから、みんなであつまっているんです」

糞をしらべて和泉蠟庵は言った。

「肉を食べる動物のものです。このおおきさですから、熊かもしれない」

他の者も同意する。この村には時折、熊があらわれるという。人間とおなじように山を下りることができなくなり、さまよいながら餌を求めてやってくるのだ。その度に村人たちは気配を殺し、家の奥でじっとしていなくてはならない。何事もなければ熊はそのうちに斜面を上がっていき、村にはもどってこなくなるそうだ。

熊があらわれたというしらせはすぐさま村にひろまった。いつも道ばたでめそめそしている老女が恐怖の表情をうかべて逃げ帰る。村に数人しかいない子どもたちが、母親代わりになっている中年女にすがりついて不安そうにする。この村では血のつながっていない者たちが数人でひとつの民家に住んでいる。彼らは家の壁や戸口に枝を立てかけて落ち葉をかぶせはじめた。するとまるで枯れ枝の山に見えてくる。そうやって熊を素通りさせようという意図があるのだろう。それをぼんやりとながめていたら、藤吉《とうきち》という名の男が話しかけてきた。私たちがこの村に来たとき、はじめて言葉を交わした老人である。

「熊に食われて死にゆく者を見たことあるか。ひどいものさ。ずいぶん前の話だがね、散らばった手足を拾い集めて埋めてやったもんだ」

藤吉老人は臭いがひどく、頭の上でいつも羽虫が飛んでいる。私はある理由から、この老人と親しくしていた。この老人は村はずれの一軒家に三名の同居人と住んでいる。そのうち二名もまた老人であるが、のこる一名は若い女だった。湧水《ゆうすい》という名前で、池の畔で私が見かけたうつくしい顔立ちの女のことである。

湧水は老人たちの世話を一手に引き受けていた。同居人の老人たちとは赤の他人らしいが、ほんとうの祖父母のようにやさしく接している。池の畔で出会ったときは警戒され、逃げられてしまったが、老人といっしょにいるときは私にも会釈をしてくれた。まさにそのために私はこの臭い藤吉と世間話をしているのだった。藤吉と親しくなっておけば、湧水にも好印象をあたえるにちがいない。

「なあ、藤吉よ、男手がひつようだったら、いつでも私にたのむといい。薪割りでも、なんでも手伝うからな。なんだったら、住み込みで世話をしたっていい」

老人たちの世話なんぞしたくもないが、湧水といっしょに住めるなら、それもいいだろう。老い先の短い老人たちはそのうち死ぬだろうから、その家には私と彼女が二人だけでのこるというわけだ。この山から一生、出られなかった場合のことだけど。

今日は湧水が通りかからないのでさっさと帰ることにした。和泉蠟庵と輪もまた、家が枯れ枝の山に見えるような工夫をしている。戸口をおおい隠すほどに枝葉をつみあげていた。二人によれば、熊の鼻は犬よりもきくらしいので、うまく素通りしてくれるかどうかはわからないという。だけど熊が家に近づけば、枝が折れて音が鳴るはずだ。接近に気づくことくらいはできるかもしれない。作業する二人の横で、私はすわり込み、ため息をつく。

「耳彦さんも手伝ってください」

輪が私の頭の上に落ち葉の雨を降らせた。

「やめろ、背中に入った」

「酒と賽子のことでもかんがえているんですか」

「ちがう」

「じゃあ湧水さんのことですね」

「そうだ。どうやって気を引こうかとかんがえていたのだ」

「やめてください、湧水さんがかわいそうです」

そのことには和泉蠟庵も同意のようだった。

「そうだね、耳彦、あきらめなさい。あの人を不幸にする気かね」

「二人とも私をなんだとおもっているんだ」

この村には二十名の村人がおり年頃の男もいくらか住んでいる。中には湧水に恋情を抱く者もいたという。しかし彼女はことごとく誘いにのらなかった。かといって、すでに心に決めている相手もいないらしい。藤吉の話によれば、湧水は口下手で恥ずかしがり屋のため、同じくらいの年頃の男からは逃げてしまうのだという。もったいないことだ。

熊を警戒しながら和泉蠟庵はこの山のことをしらべていた。朝から晩まで雲を見つめ、鳥や虫たちをながめ、気づいたことを記述する。蠟庵によると、風もまた麓から頂の方へと吹き、その逆はないという。麓の方向にむかう鳥もおらず、巣にもどれなくなった鳥たちが困惑するように円を描きながら頂きの方へと飛んでいくという。虫もおなじく、麓の方向からやってきて、頂の方へと消えていく。しかし山の天辺《てっぺん》がどとはない。下り坂のない奇妙な山だから、そんなこともありうるのではないか。

下山の方法を探すかたわら、蠟庵は村人たちに様々な知識を授けた。粘土をつかって質の良い器を焼く方法や、そのための窯を製作する。輪は村の一部の地面から砂鉄が採れることをしり、砂鉄を溶かして鉄を得る方法を村人たちにおしえる。輪は村の男たちをあつめ、土を固めて炉を作りはじめた。

「おまえ、どうしてこんなことをしってるんだ？」

「たたらで過ごしたことがあるんです」

輪はなつかしそうに言った。たたらというのは製鉄をおこなう場所のことだ。この村で製鉄が可能になれば、石器をつかう必要もなくなるだろう。

物知りの和泉蠟庵と輪は村人たちから頼られるようになった。食べられる茸や山菜、野菜の栽培方法について問われることがおおくなる。その一方で私は役立たずという見方もされていたが気にすることはない。ひまそうにしている者に声をかけて、お手製の賽子で博打をするようになった。金のかわりに蜜柑を賭《か》けて丁半をたのしむ。広場は即席の賭場になった。村の男が私に言った。

「おまえたち、いつかはこの村を出て行くのか」

「ここには酒がないからな。蠟庵先生だって旅本を書かなくちゃならない」

「耳彦は出て行ってくれてかまわない。だけど他の二人は村にのこってほしい」

全員が「そうだ、そうだ」とうなずく。私が不満をもらすと、みんながわらう。二十人の村人の見分けがつくようになり、名前もすっかりおぼえてしまった。だれがどの家に住んでいるのかも把握し、目をつむっても寝床まで帰れるほどに道をおぼえた。

湧水とも話す機会がある。いっしょに住んでいる老女の咳《せき》がとまらないと聞き、和泉蠟庵に相談してみたところ、煎《せん》じ薬をわたされる。

「これを持っていってあげなさい」

私は礼を言って湧水と老人たちの家をたずねる。戸口にあらわれた湧水はつかれた顔をしていたが、あいかわらずうつくしかった。表情にできた陰影が色気を感じさせる。湧水は煎じ薬を老女に飲ませた。咳をするたびに苦しそうだった老女の表情がいくらか楽になる。他に手伝えることがないかと聞いてみると、薪をあつめてきてほしいとたのまれる。さっそく家の周りで燃えそうな枝をひろいあつめた。おおきな枝は石斧でこまかくしなくてはならない。

足で枝をおさえつけて、両手持ちした石斧を振り下ろす。切れ味があまりにわるいので、たたきつけて折っているようなものだ。その最中、石斧の重みでよろめいてころんでしまった。膝を打ってしまい涙をこらえる。そういうはずかしいところを湧水に見られていた。心配そうにしている彼女に私は虚勢をはる。

「はは、わざとだ。薪割りは得意なんだ。薪割りと言えば私なんだ」

湧水は困惑するような表情ですこしだけほほえんだ。

「ありがとうございます、元気が出ました」

老女の世話のため湧水は家の中へもどっていく。その後ろ姿を、うっとりと目で追っていたら、藤吉老人があらわれて私の視線をさえぎった。老人はいつものように頭の上で羽虫を飛ばしている。

「どきやがれ、くそじじい、湧水が見えねえじゃねえか」

おもわず本音が出てしまう。藤吉はあきれた様子で私のところにやってきた。

「おまえがあの子を好いているのは承知だが、そんな性根では、まかせられないぞ。それに、おまえたちは、いつかこの村を出て行くのだろう」

「先のことはかんがえないことにしてるんだ」

「やれやれ、まったく……」

藤吉の見ている前で私は黙々と石斧を振るった。薪用の枝を束ねてはこぶ。藤吉は私におしえてくれた。湧水は家柄を重んじる商家の娘だったという。結婚を無理強いされそうになり逃げたところ、この山に迷いこんで出られなくなったとのことだ。老人たちは湧水の幸せを願っているという。

「わかった、私が幸せにできるとおもう」

老人は私の言葉を聞き流す。牧歌的な日々のなかで、熊への警戒心はいつしかうすれていた。しかしそのようなときに事件が起きる。

深夜に悲鳴が聞こえて、ばりばりと壁が引き裂かれるような音が聞こえた。私たちは飛び起きて、暗闇からそっと外をうかがってみたが、何も見えやしなかった。息を殺して耳をすますと、子どもの泣き声がする。

「様子を見てくる。耳彦と輪はここにいなさい」

蠟庵が一人で外へむかった。しばらくして、子どもの手をひいてもどってくる。彼の後ろに、子どもの母親代わりとなっている中年女がいた。全員、恐怖におびえた顔である。ありがたいことに怪我人や死人はいなかった。夜が明けるまで私たちは身を寄せ合い、家の奥にうずくまっていた。

明るくなって被害の状況がわかる。子どもたちと中年女の暮らしていた家が半壊していた。粘土を塗った壁が崩れて散らばっている。昨晩のことを子どもたちと中年女は子細におぼえていた。夜中に子どもが起きて小便をしたくなったと言うので、外へ連れて行ったところ、熊と鉢合わせしてしまったという。山のように巨大な体だったそうだ。すぐさま家に逃げ帰ったが、熊はそれを追ってきた。

熊は壁をこわし、そこにあった着物の塊を爪の先に引っかけたという。熊はそいつれにたいしてしばらくもてあそんでいた。その着物は子どもたちの生き別れになったほんとうの母親の持ち物だったという。だから熊がよそ見をしているすきに、子どもと中年女は、勇気をふりしぼって着物の塊をつかんで家を飛び出した。そのすぐ後に和泉蠟庵と合流し、熊から逃れてきたというのが昨晩の顚末《てんまつ》だった。

村人のほとんどが広場にあつまって話し合う。端っこの方に老人たちといっしょに湧水がいる。全員がほっとした様子である。夜が明けてみると熊が村にいなかったからだ。おそるおそる見回りをしたところ、池の畔のぬかるみに熊の足跡がのこっており、森の奥へと消えていたという。このまま村にもどってこなければいいのだが。しかし和泉蠟庵はむずかしい顔をしていた。村人たちにむかって重々しく口を開く。

「もしも熊が斜面を上がっておらず、まだこの村とおなじ平坦な場所をうろついているなら危険です。次に遭遇したとき、熊はためらいなく人を攻撃するでしょう」

「先生、そんなこと言ったら、みんながこわがってしまいますよ。根拠はあるんですか?」

私は蠟庵に聞いた。彼は村人たちを見る。

「熊は案外と臆病《おくびょう》なものです。出会ったとしても即座に攻撃をしかけてくることはない。しかし今回は少々、事情が異なってきた。熊は私たちを敵と見なしたおそれがあります」

彼の話によると、熊が何かに興味を抱いていたら、その何かを決して持ち去ってはならないのだという。あそんでいたものを目の前で取り上げられてしまったとき、熊は人間のことを、排除しなくてはならない相手だとおもうものらしい。

かつてある旅人が熊に遭遇したときのことだ。旅人はおどろいて、持ち物の入った風呂敷《ふろしき》包みを落としてしまう。すると熊はそれをもてあそびはじめたという。熊がよそ見をした隙をついて、旅人は一旦、逃げることができた。しかしそのとき、風呂敷包みをいっしょに持ってきてしまったという。結果、熊は旅人をどこまでも追いかけて、最後には殺してしまったそうだ。

昨晩、熊は着物の塊をもてあそんでいたが、それを目の前で取り上げられた。人間は自分に害をなすものと理解したかもしれない。母親の着物を抱きしめる子どもたちに村人が目をむける。母親がわりをしている中年女が、かばうように抱きしめてみんなに頭をさげた。この村で一番の血気盛んな男が子どもの一人の胸ぐらをわしづかみにする。

「おまえたちが着物なんか持ってきやがるからだ！　熊の好きにさせておけばよかったんだ！」

子どもがおびえたように泣き出す。他の村人たちが男を制するようにうごいた。輪が男と子どもたちの間に割って入る。総勢二十人の村人たちが騒々しくなった。子どもがわるい、わるくない、そもそも熊がもどってくるかどうかもわからないのに喧嘩《けんか》するのはよくない、などと口々におもったことをわめきだす。蠟庵は自分の発言が混乱を生じさせたことに対して申し訳なさそうな様子だ。

「祈りましょう。熊がこちらを恨んではいないことを。そしてもう斜面を上っていってしまったことを。しかし最低限の準備だけは今のうちにやるべきです」

和泉蠟庵はそう言うと、輪を呼び寄せてこそこそと何かを話しはじめた。

## 三

村の全方位に熊が入ってくるのを妨げる強靭《きょうじん》な柵《さく》を急ごしらえで設置することはとうてい無理な話だ。しかし何もせず手をこまねいているわけにもいかず、体力のある男たちがあつまって落とし穴を掘りはじめる。道具もない状態では、半日かかっても人間の腰ほどの深さしか掘れはしなかったが。

もしも熊が出たら、追い立てて斜面を上らせてはどうか、とだれかがおもいつく。一度でも斜面の上に追いやってしまえば、この山のことだから、おそらく下ってはこられまい。しかし、どうやって追い立てる？　家の壁を軽々と壊してしまうような相手を、どうやって？　男たちは火を点《とも》し、たいまつの準備をする。火をむけてやれば、追い立てることができるかもしれない。

子どもや女たちは、両手に木を持って打ち鳴らす。大声を出す練習もやった。おおきな音を発すれば、警戒して遠ざかるかもしれない。

そんなときに和泉蠟庵と輪が家の中で荷物をまとめていた。

「何をしてるんです？」

「耳彦、お前が来るのを待っていた。聞きたいことがあったんだ。お前はここにのこるかい？　それとも、私たちといっしょに行くかい？」

和泉蠟庵は私を見て言った。二人は旅の支度をほとんどすませている。私は愕然《がくぜん》とした。

「見損ないましたよ先生。輪、おまえ、逃げるつもりだな」

「そうです、逃げるつもりですよ。ねえ、先生」

悪びれもせずに輪がうなずく。これほどの卑怯《ひきよう》さをもっていたとはおそろしい。蠟庵に私はつめよる。

「熊がおそってくるかもしれないってときに。この村がどうなってもいいんですか」

「誤解はよせ。逃げることは逃げる。しかし村を救うためなんだ。村の者たちにはしらせずにやるつもりだ。次に熊がここへ来たら、そのとき、私たちが囮《おとり》になってやろうじゃないか」

火や音で熊を追い立てることが成功するかどうかわからない。熊は平然とおそいかかってくるかもしれない。それなら、自分たちが囮になって熊に追われてやり、そのまま上り斜面へと出て行こう。熊が追いかけてきて斜面を上ってくれれば村は安泰である。後は自分たちが逃げ切れればいい。和泉蠟庵はそのようにかんがえていた。

「しかし、危険ではないですか。村を出た後、逃げ切れるかどうかわからない」

「承知だ」と蠟庵が言い、「承知です」と輪も言った。

「なるほど、そういうことだったんですね。私はこの村にのこります。お二人で熊を連れて行ってください。どうかよろしくお願いします」

「即答ですね……」

「あたりまえではないか」

あきれている輪に私は言って家を出る。なんというありがたい提案だろう。二人のおかげで、きっともうこの村は大丈夫だ。村をあるきながら頭の中にあるのは湧水のことだった。あの二人と湧水を天秤《てんびん》にかけたなら、こちらに傾くのは当然のことである。以前は村を出て行くこともかんがえにあったが、冷静になってみれば、こうする方が良いようにおもえる。私は彼女を幸せにできるだろう。藤吉に宣言したのは冗談ではない。明確な理由がある。まず、この村には酒がないので、酔っぱらうことができないから、私は真面目な人間になるだろう。酒などという飲み物は毒だ。それに賭場もないため借金のつくりようもない。だとすればもう、私という人間は、良き夫になることが目に見えている。後は彼女の了解を取り付けるだけだが、そこは問題ないだろう。おそらく彼女も私のことを好いているはずだ。でなければ、私にむかってほほえむことなんてしないだろう。

女と子どもが村の広場にあつまって木の枝を打ち鳴らし声を発している。はじめのうちはまとまりなく音をたてていたが、今はいっせいにそろえて枝をたたき、声を出しているから、何かのお祭りのようだった。そこに湧水もいた。一人だけあきらかに容姿がすぐれており、他の女たちがまるで牛蒡《ごぼう》や里芋に見えてくる。湧水の腕や足はすらりと長く、肌は淡雪のように白い。私といっしょになってくれるか、と彼女に聞いてみるつもりだった。こたえはわかっていたが、それでも勇気のいることだ。

そういえば老人たちの姿がない。家で休んでいるのだろうか。彼女からの了解をもらう前に、先に藤吉老人らと話をしておくのもわるくない。私との結婚に老人たちも賛成してくれるはずだ。湧水がはずかしがって、私との結婚にためらいをみせたとき、彼らの了解が追い風となってくれるだろう。

よし、そうしよう。彼らの家にむかって私はあるいた。広場で打ち鳴らされる音や、大声が、背後に遠ざかってちいさくなる。先日、薪拾いをしたあたりを通りすぎて、茅葺き屋根の建物にちかづいた。

様子がおかしい。家の引き戸が倒れている。つよい風でもふいて、はずれてしまったのかもしれない。たてかけておいてあげようか。開きっぱなしの戸口に立つと、生臭く湿ったにおいがただよってくる。

真っ黒な影の塊が家の中にいた。体毛が黒色だ。山のように巨大な体である。私の方に背中を見せ、体を丸めるような姿勢で、ぐっちゃ、ぐっちゃ、と音をたてながら、横たわっているものに鼻面をつっこんでかきまわしている。藤吉の顔があった。他の老人たちの顔も。判別困難なほどこわれているが、おそらくそうだ。血と臓物をまき散らしながら彼らは死んでいる。私はそっと後ずさりをした。今にも気配を覚られて、熊が咀嚼《そしやく》を中断し、こちらをふりかえるような気がする。しかし無事に私は家から遠ざかり、広場にむかって駆け出すことができた。広場に声のとどくところまでちかづいて、私は叫んだ。

まず、熊は広場にむかった。恐怖によって私の足はうごかなくなり、ちかくにあった家の物陰でふるえていることしかできない。私の叫び声で村人たちは熊の襲来に気づいたようだが、事前に計画していたことは失敗におわった。枝を打ち鳴らし、大声でおどかそうとしても、熊は悠然と広場にむかっていく。効果がないとわかり、女や子どもたちは悲鳴をあげながらちりぢりに逃げた。熊は逃げていく者を追いかけようとする。たいまつをもった男たちが、いさましい顔つきで熊の前に立ちはだかる。しかし熊は炎をものともせず、最初の一人を腕のひとふりでだまらせた。体の形がへこむほどの衝撃をうけて地面をころがり、血溜まりがそこにひろがった。

他の男たちはたいまつを持ったまま逃げ出す。そのうちの一人が、私のかくれている方にちかづいてくる。偶然にも熊はそいつを追いかけてきた。四肢で地面を蹴《け》るごとに震動がつたわってくる。家の角をはさんですぐそばのところで、男は熊に追いつかれた。足をひっかかれて転ばされる。巨大な獣の声が地響きのように臓腑《ぞうふ》をふるわせた。転ばされた男は、勇敢にもたいまつで熊の鼻面をたたく。しかし熊の巨大な口が開いて、次の瞬間、男の右肩から先がごっそりと消えた。骨と肉をまとめて引きちぎって熊は口元から血を滴らせる。男の悲鳴はすぐに消えた。ばりばりと骨の砕ける音がして、家の角をはさんだむこう側に血がひろがった。

逃げなくてはとおもうのだが、足がうごかない。熊の鼻が犬よりも鋭いというのがほんとうなら、次に狙われるのは、家の角をはさんですぐのところにいる私かもしれない。歯が鳴って、涙が出てくる。ぶしゅう、と熊の鼻息を出すような音がする。家の角をはさんで、血の霧のようなものが立ちこめた。熊の巨大な体がそのむこうからのそりとあらわれる。私は力が抜けて四つん這《ば》いになった。そいつのふたつの目が、私にむけられていた。次の狙いを見つけたという意思がその目に宿る。しかし攻撃をうけるより前に、和泉蠟庵の声がした。

「耳彦、立つんだ!」

熊の頭部を目がけて、大きめの石が飛んできて命中する。和泉蠟庵と輪がすこし離れた場所に立っている。輪がもうひとつ石をひろって和泉蠟庵にわたす。彼が熊にむかって放り投げると、今度も熊の頭へと命中する。輪がさけんだ。

「背中をむけたらだめですよ! 目をそらすのもだめ! すこしずつ、後ろに下がるんです!」

しかし熊はもう私を見てはいなかった。石を投げてくる彼らの方へ鼻先をむけて方向転換する。和泉蠟庵と輪はそれを確認して逃げ出した。二人が駆け出すと、熊もまた、四肢の筋肉を躍動させて追いかける。二人のむかう先には斜面があった。上りの斜面である。二人は熊を連れて村を出て行ってくれようとしているのだ。それが成功すればもう安心だ。私は彼らに感謝する。

小川を跳び越えて二人は駆ける。まず最初に蠟庵が斜面を上りはじめる。彼の後ろ姿は茂みのむこうに消えた。輪もそれにつづく。これでもう彼らは村にもどってこれないはずだ。この山は上り坂しかないのだから、下った先にある村へと至る道は存在しないのである。

熊もまた二人を追いかけて斜面に分け入ろうとする。しかしその寸前で立ち止まった。たいまつを持った男の一人が、さきほど殺された男の名前を呼びながら横からやってきたからである。たいまつの炎が熊の横腹に押し当てられた。仲間を殺されて逆上していたのだろう。一撃を食らわせなくては気が済まなかったのだ。そのせいで熊は蠟庵たちを追うのをやめた。たいまつを振り回す男にむきあい、飛びかかる。男は怒声とも悲鳴ともつかない声をあげていたが、やがて沈黙した。そして熊はもどってきた。斜面に入ってはいかず、再び村を蹂躙《じゅうりん》しはじめたのである。

地獄がはじまった。熊は村人たちを追いかけてのしかかり肉塊に変えていく。たいまつの炎が家に燃え移って煙が立ちこめた。そんな状況で熊から逃げまどっているとき、顔を涙でぬらして呆然《ぼうぜん》としている子どもを見つけた。私はそいつのほそい腕をつかんで引っ張っていく。くさむらにうずくまっている女もいた。私はそいつを立たせて背中を押した。

「逃げろ！　ここにいたら死ぬぞ！」

熊が家を壊している。破壊の音が遠くまで聞こえていた。家の奥にだれかがかくれていたらしく、悲鳴とともに砂煙が空へとあがっていく。私たちはともかく熊のいる方とは反対側にむかって夢中で逃げた。そのうちに村の見え方が変化している。いつのまにか家々を見下ろすような場所をあるいていた。傾斜をのぼってしまったようだ。悲鳴と破壊の音がする村を、私たちは高いところから見下ろした。家々の間をあるいている熊の巨体が、煙にさえぎられながら確認できる。

ためしに斜面を下りてみようとしたが、木の根っこをまたいだりしているうちに、いつのまにか斜面を上りの方向へとむかってしまう。途中からいっしょに逃げていた子どもや女が私の後をついてくる。ばらばらに逃げていた他の者たちも何人か合流した。いずれも熊から逃げまどっているうちに村から離れすぎて斜面へと入ってしまったそうだ。

合流したなかに湧水の顔もある。彼女は不安そうに、家へのこしてきた同居人たちが心配だともらす。私は、すこし迷いながら、彼女の家で見たものを話す。藤吉たちはすでに殺されていたのだと。泣き伏す湧水を前にこまっていると、一足先に村を出ていた和泉蠟庵と輪が、私たちを見つけて駆け寄ってくる。

「大丈夫か⁉」

これでは結局、元通りではないか。いや、よけいに事態はわるくなっている。なにせ村にはもどれないのだから。

「他にも村を出た生きのこりがいるかもしれない。辺りを探そう。生きのこりをあつめたら出発する。熊は追ってくるかもしれないし、追ってはこないかもしれないが、ともかく山を上ろう」

「上る？　その先、どうなるんです？」

私の問いかけに蠟庵がこたえる。

「もしもこの山にも頂があるのなら、その先は下り坂になっているかもしれない」

「なぜそうおもうんです？　ずっと上り坂かもしれないじゃないですか。そういう奇妙な山かもしれない」

「もしそうだったら、どこまでも山は高くなって、お天道様《てんと》が引っかかってしまうはずだ。だけどお天道様は東から西へ空をうごいている。分厚い雲があるからはっきりとその軌跡は見えないけど、昼と夜があるということは、そういうことじゃないか。そうであってほしい。山頂があって、そこから上には何もないと。ひとまずはそこまで行ってみようじゃないか」

普通の山なら、天辺まで上ってしまえば、あとは下り坂になる。この山も同じ理屈が通るだろうか。不安だったが、私たちは蠟庵の言葉を信じることにした。理不尽な死を前にして恐怖で立ちすくむ私たちは、指示を出してくれるだれかの言葉にすがりつきたかった。

生きのこりを探したところ、木の根元でうずくまってふるえていた女を見つける。怪我を負いながら村から逃げてきた男とも合流する。彼の話によれば村にとどまった者のうち生きている人間はもういないらしい。念のため全員で村にむかって呼びかけた。「生きている者がいたら村を出て斜面をあがってこい！」と声をとばす。しかし返事はなく、だれかが村を出てくる様子もない。斜面の上から家々の間を闊歩《かっぽ》する熊の姿が見える。そいつは死者たちを貪《むさぼ》り食っていた。私たちはその光景に背中をむけて山を上りはじめる。山頂を目指す旅がはじまった。

私はあの村に居着いて間もなかったので土地への愛着はうすい。しかし他の者たちは住みなれた場所を捨てなくてはならないことに嘆いていた。私は彼らをなぐさめようとわめく。

「めそめそするな、みんな。山を越えたら、麓にもどれるかもしれないんだぞ。生き別れた家族に再会できるじゃねえか。きれいな着物だって着られるし、酒だって飲めるんだぞ」

道があった。両側に雑草の生い茂るせまい道だったが、何もない斜面よりはましだ。和泉蠟庵が先頭をすすみ、その後ろに輪が付き従っている。私や他の村人たちは二人の後を追いかける。村人は全部で十一人だ。もともと村には二十人がいたから、ほとんど半分が熊にやられたことになる。

「村にいればよかった。かくれていれば熊も村を出て行ったかもしれない。そのままあの村で暮らすことができていたかもしれない」などと悲嘆する男がいる。「もうよせ。あのままいたら殺されていたかもしれないぞ」と諭す男もいる。「この先、どこまでいっても、何もありませんよ、きっと」などと泣いている女がいるかとおもえば、「きっと熊がすぐに追いついてくる。私たちもみんな食べられるにちがいないよ」と不吉なことを中年女が言う。

　雑木林とも岩場ともつかない場所へ出る。私たちは手をとりあいながら岩をひとつひとつのぼって上を目指した。ここなら下方向へすすめるんじゃないかと、ためしに岩場を下ってみようとする。しかしだめだった。すべり落ちないように、とっかかりを足で探りながら岩を下りているうちに、いつのまにか岩と岩の間の行き止まりに挟まってしまい身動きができなくなる。別の岩を下りようとしても、やっぱり行き止まりにたどりつく。この山はどうやっても下ることはできないらしい。

　空の雲がちかづいてきた。木々の合間に白い霞《かすみ》が出てくる。水気のあるひんやりとした風がふいた。さらに行くと完全に周囲は白色になって、人々の顔もわからなくなるほどだ。ついに雲の中へ突入したらしい。ちかくをあるく者とはぐれないように私たちは気をつけた。

　湧水は老人たちの死を伝えて以来、ふさぎ込んだように一言も発していなかった。うつむいてみんなの後ろをあるいていたが、足取りはおそく、気づくとみんなからはなされている。湧水がころんでうずくまり、他の者は気づかずに行ってしまった。私は湧水を立ち上がらせ、手をとり、あるかせた。

れる。

「なあ、藤吉たちは、ざんねんだったな」

雲の立ちこめる岩場の小道を行きながら私は言った。湧水は、うなずきを返してくれる。

「私のことを、大事にしてくださいました。こんな私のことを」

前方から低い地響きのような音が聞こえてきた。白く霞《かす》む風景のなかに滝の姿がうかびあがる。和泉蠟庵を先頭とする村人たちの集団が一休みしてそれをながめていた。崖《がけ》から落ちてくる水流はまるで一本のほそながい帯のようである。それが渓流へと勢いよく注ぎ込まれ、水しぶきがあたりに立ちこめる。人々はおどろいていた。長く村に住んでいても、斜面の上に滝があるなどとはしらなかったようだ。

幾晩も私たちは山を上った。身を寄せ合って夜は眠り、木の実や山菜で飢えをしのぐ。いつまでも雲の内側から出られなかった。風向きによっては雲がうすくなることはあったが、完全に晴れて山の頂があらわれることはない。だから終わりが見えなかった。あとどれほど上り続けなければならないのかはっきりとしない。普通なら山頂付近は寒くなり、ひどいときには雪が降ってくるはずだ。しかしありがたいことにそれほど冷え込みはしなかった。私たちは様々なものを目撃する。龍のものとしかおもえない巨大な骨が崖から半分ほど姿をあらわしていた。道具をつかう猿たちの集団にも出会った。彼らは火をつかい、私たちをたいまつで照らして警戒していたが、やがてどこかへ行ってしまった。かつて人の住んでいた集落の残骸《ざんがい》も見つけた。村人たちはそれを見て、自分たちの他にも山から出られなくなった者たちの村があったのかとおどろいていた。しかしそこでは殺し合いがおこなわれたらしく、骨にはどれも武器で攻撃されたような形跡があった。

「蠟庵先生が先頭をあるけば、道に迷って、その勢いで山から出られるかもしれないとおもったのに。今回はだめですね。この山の引きつけておく力がつよいのでしょうか」

全員でたき火を囲みながら輪が言った。村人たちは和やかな表情で肩を寄せ合っている。熊の襲撃から日数が経過して、最初のかなしみはうすまっていた。嘆いてばかりいる者もなかにはいたが、笑い声も聞こえるようになった。夜を過ごすとき、蠟庵の迷い癖の話を彼らは聞きたがった。旅先で出会った奇々怪々な物語を、説明の上手な輪が村人におしえてやる。

「……というわけで、そのときも耳彦さんが問題をおこして、ひどい目にあったのでした。おしまい」

輪の語る話は、いつもそんな風に、私のことで締めくくられた。

「おい、私を話のオチにするんじゃない」

「でも、そうでしょう。耳彦さんが酒に酔いもせず、賽子に熱くならなければ、平穏無事に過ごせることがおおかったとおもいませんか」

「ちがうぞ。たしかに私がわるかったというときもある。しかし、きっかけをつくるのは、いつも蠟庵先生の迷い癖ではないか」

私と輪が言い合いをすると村人たちはいつもおかしそうにふきだす。湧水もそういうとき、いっしょになって口元をほころばせている。

やがて雲を抜けるときが来た。和泉蠟庵を先頭とする私たちは、その日、木々もなく、草も生えない、閑散とした岩だらけの場所をあるいていた。白色に霞む殺風景なところではあったが、なぜか動物たちをよく見かけた。鳥や蛇や虫など、大小様々な生き物が岩場にあつまっている。和泉蠟庵によると、それらは私たちとおなじく、山を下りられない生き物たちだろうとおしえられる。山頂を目指したわけではないだろうが、無目的にうごきまわって暮らしていると、自然に上ってきてしまうのだろう。さらに行くと風が吹いて雲が晴れた。村人たちが景色の変化に気づいて声をあげる。

「見ろ！　山頂だ！」

雲海の上に到達してみれば、山の稜線が視界の端と端から斜めに立ち上り、空の一点にむかって収束しているではないか。そこがまさしく山頂だった。目を山頂よりも上にやると、そこには星々の浮かぶ空がひろがっている。お日様はちょうど私たちとおなじくらいの高さにあり雲海に沈む寸前だ。

山頂へとむかいながら目をこらすと、天辺のあたりにどうやら竹林があるらしいとわかる。岩場の途中に巨大な鳥居が立っており、そこから先には階段がつづら折りにのびていた。はたして何者がこれを作ったのだろうか。斜面を移動しつづけた私たちは、階段の平らな面を踏みしめて顔をほころばせる。そのころにはすでに太陽は沈み、空は深い青色の夜へと変化している。月が白く、おかげでずいぶんと明るい。いつもならたき火をして休む頃合いだが、山頂が目の前にあるものだから、だれも立ち止まる気配はなかった。

# 四

階段を上った先にも鳥居があり、丸みを帯びた砂利がまっすぐにのびていた。その先に古い神社がある。本殿はさほど大きくないが、いくつもの棟が周辺にならんでいる。

竹林をぬうように小川や池がある。人の気配はなかったが、ここまで上ってきた動物たちが星と月の明かりに照らされていた。参道に蛇や亀や猫や猿が密集している。それらを踏まないように避けながら、私たちは引き寄せられるように本殿の前に立つ。

本殿の屋根は反り、曲線的に長くのびていた。柱の木は乾燥して石のような色合いだ。賽銭箱は見当たらない。だれがいつ何のために作ったものだろう。村人のだれかがこんなことを言う。この山に上り坂しかなかったのはこの神社のせいだったんじゃないか。すべての生き物がここへやってくるようになっていたのではないか。

和泉蠟庵は夜空を見ていた。星や月がずいぶんとちかくに感じられる。手をのばせば届きそうなほどに。ふと、流れ星が光った。とてつもないはやさで尾をひきながら、雲海すれすれの低い位置をよぎっていく。

「まるで天狗《てんぐ》のようだ」

彼がつぶやく。

「ほんとうかどうかわからないが、天狗とは、もともと、流れ星のことを指していたそうだ。大昔の人は流れ星を見て、何者かが空をよぎったのではないかと想像していたのかもしれないな」

私たちは境内を探索する。この山に上り坂しかないのだとすれば、山頂であるこの場所は、もっと動物であふれていただろう。次々と麓から動物たちが吸い寄せられ、あふれんばかりになり、積み重なり、動物の肉でできた塔が建っていたはずだ。しかしそうなっていないのはなぜだろう。

よく見れば動物たちはいっせいに同じ方向へ動いている。鳥や虫、鱗《うろこ》と尻尾《しっぽ》のある生き物や、毛むくじゃらで二本足の小柄なやつなどが、私たちがやってきた神社の正面方向から参道を入ってきて、本殿にむかってちかづいてくる。水流が岩をまわりこむように、生き物たちは本殿の前で左右にわかれ、外壁に沿うように後ろへ行く。本殿の後方にも道があり、その先にまた鳥居があった。生き物たちはそちらへ遠ざかり消えていく。個々のうごきにはばらつきがあり、竹林にむかうのもいるが、全体的にはそのような流れがある。神社後方の鳥居を抜けた先は、なんと下り坂になっていた。生き物たちは皆、例外なく、坂を下っているではないか。

「帰れる。麓に帰れるぞ」

私たちはよろこびあう。村人は和泉蠟庵の足もとに膝をついて拝みはじめた。あなたのおかげです、と泣き出すものだから、彼はとまどっていた。

「何もしていませんよ」

「私たちを先導してくださったじゃないですか」

「だれが一番前をあるいても、結局はここにたどりついていたはずです」

蠟庵の言葉を村人たちは謙遜《けんそん》と受け取った。

山頂と言えば、荒涼とした景色をおもいえがいていた。しかしここは意外に豊かで土も肥沃《ひよく》だ。植物は竹の他にもいろいろ茂っている。桃や蜜柑の木があり、果実をもいで口に入れると、甘い汁がひろがって生きかえるような心地だった。地面の土を手で探りながら輪が言った。

「山頂に引き寄せられた生き物たちがここの土を豊かにしているのでしょう」

生き物がこの辺りで死に、土の一部となる。あるいはここで出した糞が肥料となり、植物に活力をあたえる。神社の境内には畑もあった。だれかが手入れしている様子もなく、雑草が茂っており、虫たちが好き放題に暮らしていた。ここで野菜を育てれば、立派なものが収穫できるにちがいない。畑に鉄製の鍬《くわ》や鎌《かま》がころがっている。村人たちがそれを見つけて声をあげた。

「鉄だ！」

村人たちは尖った石を農具として使用していたものだから、なつかしかったのだろう。どれも錆《さ》び付いておらず、これほどうつくしい鉄器を見たことはない。

「畳もあるぞ！」

境内の建物を調べていた男が、棟のひとつに畳の間を見つけてよろこんでいた。履いていたものを脱ぎ捨てて建物にあがってみれば、い草のにおいが立ちこめており、なつかしくて涙が出てくる。私たちは体中についた土埃《ぼこり》を払って、畳の間にころがった。何十畳あるのかわからないほどの広さの部屋が棟のなかにある。

「もう畳に横たわることなんてできないとおもっていた」

村人たちは泣いている。興奮はさめないが、あくびをもらす者も出てきた。子どもは女の腕のなかで目をつむっている。畳の間を今晩の寝床とする。布団はなかったが、野宿ばかりの私たちは気にしなかった。手足をひろげて寝息を立てはじめる。星と月のおかげで外はあかるく、障子越しにもそれがわかった。私は深い安堵に包まれる。後はもう山を下りるだけだ。何もむずかしいことはない。

人のあるきまわる気配で眠りからさめる。すっかりもう朝だとおもっていたが、まだ周囲はうす暗かった。みんなが障子を開けて外を見ているのでちかづいてみる。

「なんだ、まだ明けてねえのか」

空は暗く、星の白い点々が竹林の上にひろがっている。私はあくびをしながらもう一度、畳に横たわろうとする。しかし輪が言った。

「いえ、お日様は出ているみたいなんですけど……」

輪は困惑気味である。ためしに外へ出てみると、たしかに、お日様が雲海の上にうかんでいた。その光がほとんど真横から山頂を照らしている。突き刺すような強烈なかがやきだが、なぜか空は暗いままで、星々もうかんでいる。おそらくこの山は、空を突き抜けているのだ。この山頂は青空よりも上にあるため、お日様が出ていても夜みたいな星空がひろがっているのではないか。和泉蠟庵に聞いてみたが、彼もこんな場所は、はじめてだという。

ともかくお日様のおかげで周辺があかるく見渡せるようになった。真横からの光を受けて神社の真っ黒な影が反対側にどこまでも長くのびている。明るい部分と暗闇の部分がくっきりとわかれていた。村人たちが朝飯の材料をあつめにむかう。女たちは果物を収穫にむかい、男たちは境内の野兎や鶏をおいかける。

私は湧水といっしょに筍《たけのこ》を掘りに出かけた。明るくなってみれば、神社の敷地の半分以上が竹林だとわかる。奥まったところに巨石があり、しめ縄がぐるりと巻かれていた。表面が苔《こけ》におおわれており、立派なおおきさである。湧水はそれにむかって両手をあわせて一礼した。私たちは手を泥にまみれさせながら、赤ん坊のような筍を掘る。私がつまずいてころぶと、湧水が駆け寄ってきて心配してくれた。山頂までの旅を通じ、私たちの距離は縮まった。湧水が自分から話すことはおおくなかったものの、私が話しかけても逃げないし、面倒そうな顔もしない。これは私のことを憎からずおもっていることの証明であろう。

筍を掘るために腰をかがめると、ちょうど私の下に別の筍があり、そいつの尖った部分が尻《しり》の穴にささってしまった。私が悲鳴をあげてお尻をさすっていると、湧水がおどろいたような顔で見ているではないか。

「もちろん、わざとだ。ちょっと尻がかゆかったものでね」

などと平静をよそおっていると、ついにこらえきれなくなったように湧水は口元をおさえてわらいはじめる。私は羞恥《しゅうち》におそわれるが、湧水の笑顔は、無様な男をあざけるようなものではない。子どもみたいにくったくのない明るいものだった。熊に大事な者たちを殺されて以来、いや、それ以前も、彼女がそのようにわらっているところを見たことはなかった。

「よし、そんなにおもしろがってくれるなら、私は何度でも、筍を尻にさすぞ」

「やめてください、怪我をしますよ」

「怪我したっていい。湧水、ちょうどいい筍を見つけたら、私を呼んでくれ」

「いやです、食べられなくなるじゃないですか」

言葉を交わすごとに、胸の内側があたたまる。これまで彼女は、どんなことをおもい、どんなことをかんがえながら、生きてきたのだろうか。どのような両親のもとで暮らし、どのような結婚を強いられて家を飛び出したのだろう。私は全部を聞きたかった。しかし口から出るのは、他愛のない話ばかりだ。

本殿の前に和泉蠟庵が立っていた。入り口からなかをのぞきこんでいた。本殿の入り口は観音開きの扉である。上半分が格子状になっているため、開けなくても奥をのぞくことができた。私と湧水も興味をひかれて蠟庵の横に立ち、格子の隙間から目をこらす。中はがらんとしている。奥に台座があり、円い鏡が祭ってある。鏡の直径は井戸とおなじほどで、こんなにおおきな鏡をかつて見たことはない。

「立派な鏡ですね」

湧水が言った。どれほど古いものかわからないが、表面には一点の曇りもなかった。

本殿をのぞきこんでいる私たちの姿がくっきりと映し出されている。まるで私たちがもう一人ずつそこにいるかのようである。私は和泉蠟庵に提案してみた。

「中に入って、ちかくから見てみましょう」

「それができないんだ。この扉はなぜか開かないように打ち付けてある。たとえ中に入れたとしても、やめておいたほうがいいだろう。あれはどうやら危険なものだ。さっき、格子の隙間を抜けた羽虫が、鏡に吸い込まれて消えるのを見た」

「消える？」

和泉蠟庵はうなずくと、本殿の足もとにたまっていた砂埃をひとつかみする。扉の格子の隙間の前でその手をひろげて、本殿の奥にむかって砂埃を息で吹き飛ばす。煙のように立ちこめた砂埃は、すぐさま奇妙な挙動を示す。まるで何かに引っ張られるみたいに鏡の表面へと吸い寄せられたのである。しゅるしゅると鏡にむかって収束してゆき、その表面に砂埃はぴったりとくっついてしまう。しかしそれだけではない。砂粒のひとつひとつが、ぱちん、ぱちん、と爆《は》ぜるように砕けて消滅して、ついには何もなくなった。

「本殿の内側に入ると、鏡にむかって落ちていくんだ。近づけば近づくほど、引っ張られる力も強力になるらしい。格子から手を突っ込んでみればわかる」

格子の隙間はおおきいため、腕を入れることができる。ためしにやってみると、本殿に入れた腕は、だらんとたれさがることなく、鏡にむかって引っ張られる。腕をだれかにつかまれているような感触ではない。腕の中の血までが吸い寄せられ、指先にあつまってきて、鏡の表面にむかって落ちていこうとするのだ。

「この山に足を踏み入れた生き物たちが、ここに引き寄せられるのは、この鏡が原因かもしれない。本殿の外にいれば鏡にむかって落ちていくほどの強力さはないようだが」

筍を湧水に持たせてみんなのところに帰らせる。私は蠟庵とともにこの神社の正体をさぐることにした。棟をひとつずつ出入りしながら部屋を見ていく。私が湧水といっしょに行かなかったのは、金目のものがあったら持ち帰ろうと決めていたからだ。

好奇心旺盛《おうせい》な輪もこの神社のことをしらべはじめていた。輪は建物のひとつで、人の住んでいた形跡を発見したという。そこには食器や茶器があり、埃をかぶった着物が部屋の隅にあったという。着物は大人が着るにはちいさかったので、おそらく子どものものだろうと輪は言う。

「子どもが住んでいたってことか？　今、そいつはどこにいやがる？」

「わかりません。埃の様子から、長いこと、ほったらかしになっていたみたいです」

建物のどこかにそいつの骨でもころがっているんじゃないかと探してみたが見つかりはしなかった。部屋数はおおく、殺風景な板の間もあれば、風変わりな置物や壺《つぼ》がひしめいている部屋もある。金色の壺があったので、こいつは高く売れそうだとおもい、持ち上げようとしたが重すぎてうごかせない。そのかわり、壺の中から子どもの落書きとおもわれるものを発見した。

そいつは上質な紙に墨で描かれている。くしゃっと丸めて捨てられていたようだ。全部で三枚あり、一枚は川と山と松の木から構成された風景の絵である。他には家の絵があり、もう一枚は何らかの文様を描いたものだった。どれも上手《うま》くはないが、ここに住んでいた者の手がかりになるかもしれないので和泉蠟庵に手渡した。

彼は絵を一目見て、はっとした表情をする。それからむずかしい顔つきになって押し黙る。普段、和泉蠟庵がそのような表情をすることはないので、輪はすこし心配そうに問いかけた。

「蠟庵先生、どうされました？」

「いや、なんでもない。すこしかんがえさせてくれ。輪、着物を見つけたという部屋に案内してほしい」

和泉蠟庵は部屋に案内されると、着物や食器をひとつずつ慎重に手にとってながめはじめる。障子を透かせて横からのお日様が彼の横顔を照らしていた。やさしい表情をしている。外から村人の呼ぶ声がした。朝飯の支度ができたようだ。しかし和泉蠟庵には聞こえていないらしく、私と輪が声をかけて、ようやく顔をあげた。

「先に行っててくれ。私はすこし、ここを調べていく」

「何かわかったんですか？」

「ここはもしかしたら、私がずっと気になっていた場所なのかもしれない」

彼はそう言ってまた部屋の方にむきなおる。私と輪は目を見合わせたが、今は彼を放っておくことにする。

建物のひとつから炊事場が見つかっており、村人たちはそこで朝飯を作ってくれていた。兎がぶつ切りにされて筍といっしょに煮られている。炊事場には鉄製の包丁や鍋があり、女たちはそれですっかりうれしくなったようだ。腹ごしらえを終えて麓に下りる準備をする。神社後方の鳥居を出れば下り坂がつづくだろう。どれほどかかるかわからないが、いつかはこの山の外にたどりつくはずだ。そこには酒もあるだろうし、賽子もあるだろう。住みなれた私たちの場所である。しかし、湧水を幸せにするとしたら、やはり酒も賽子もやめねばなるまい。

「なあ、湧水、私は酒も賽子もひかえるぞ」

竹林で子どもとあそんでいる湧水を引き留めて私は言った。すると彼女は怪訝《けげん》そうな顔つきになる。何のことかわからないという様子だ。彼女の手をとると、すこしだけ肩をふるわせた。子どもが行ってしまうと、竹林には私と彼女しかいなくなる。檻《おり》のように並ぶ竹が、真っ黒な影をいくつものばしている。

「これからは旅もしない。まともな仕事につく。だからいっしょに暮らさないか？」

「暮らす？」

「そうだ。私といっしょになってくれ」

湧水はおどろいた顔をして、恥ずかしそうに目をふせた。

「……私、そういうのは、ちょっと」

「え、だめなのか？」

想像もしていない返事に私は落胆する。麓に下りて湧水と暮らすことしかかんがえていなかった。断られるなどとおもいもしなかったのだ。しかし彼女は首を横にふった。

「いいえ、そうじゃないですけど」

「私のことがきらいか？」

「まさか、そんな……」

うつむいている彼女の耳がすこし赤色になっている。藤吉老人の話によれば、湧水は結婚が嫌で逃げ出したところ、この山に迷いこんでしまったという。しかし今、目の前の湧水からは、それほどの拒否反応は見られない。完全に断られたわけではないようだ。それどころか、まんざらでもなさそうな様子だ。湧水は目をふせたまま言った。

「私、耳彦さんのこと、かわいらしい人だとおもっています」

「じゃ、じゃあ、麓に下りられたら、また、話をさせてくれ！」

湧水はうなずくと、恥ずかしそうにしながら私に背をむけて走り去った。私はその場からうごけなかった。幸福な心地に包まれて、足もとからくずれそうになる。彼女は私のことを、かわいらしい人だと表現した。おもいもよらない言葉だ。胸の内側にあたたかいものが満ちた。私はこれまで好き勝手に生きてきた。しかし湧水といっしょなら変われる気がした。一滴だって酒を飲まなくても眠れるようになるだろう。湧水がわらってくれるなら、賽子もひつようない。私は変われる。きっとそうなるはずだ。

そのとき、湧水が立ち去ったのとは反対方向から悲鳴が聞こえてくる。鳥たちが騒々しく翼をはためかせながら竹林の上を飛んでいった。

何が起こったのかと、悲鳴の聞こえた方向におそるおそる行ってみた。ちょうどお日様のある方角だ。竹のまっすぐな影が私の体や顔の表面をよぎっていく。

竹林の合間に池があり、そこに村人の男が浮かんでいた。流れた血によって池の水は赤色に染まっている。引きずり出された臓物が池の縁まで伸びており、その先に、悲鳴を上げ続けている女がいた。ここまでいっしょにあるいてきた村人の一人だ。

女の正面に二本足の巨大な生き物が立っている。そいつの姿は星空に達するほどおおきく見えた。腕がひとふりされて、女の悲鳴が消える。殴られた女の体は、私の方に飛んできて、竹にあたって折れ曲がった。衝撃で竹がふるえる。

地響きをおもわせる咆哮《ほうこう》があり、どこかで鳥の一斉に飛び立つ音がした。村をおそったのとおなじ熊だ。体格や顔つきがいっしょである。どうやらそいつも村を出て坂を延々と上り、山頂に到着したらしい。

熊は私に気づいてちかづいてくる。山が迫ってくるかのようだった。私が後ずさりしているうちは、むこうもゆっくりとしたうごきだ。背中をむけてはしりだすと、熊も地面を蹴って突進してくる。悲鳴をあげながら竹林を駆けた。すぐ後ろから、ばきばきと竹をへし折りながらそいつが追いかけてくる。咆哮がすぐ耳の裏あたりから聞こえてくる。そいつの爪につかまったら最後、私は生きてはいられないだろう。

筍に足をひっかけてころびそうになったとき、着物の懐から、お手製の賽子が落ちた。村にいたとき、石を削って作ったものだ。ひろっている余裕はないが、落ちた賽子を目で追いかけたとき、竹と竹の狭間《はざま》に鎮座している巨石が見えた。下半分が地面にうまっており、上半分が突き出ているような形だ。見上げるほどのおおきさで、表面は緑色の苔におおわれ、極太のしめ縄が巻かれている。

このまま逃げていても、いつかは熊に追いつかれてしまう。一か八か、そう判断して私は巨石の方にむかった。その前にたどりつくと、私はおもいきって飛びつく。表面には手足をひっかけるところがない。しかし、しめ縄を足がかりにして体を持ち上げることができた。

なんとか巨石に這い上がって足を引き寄せた直後、熊が追いついてきて、私の足がたれさがっていたあたりを爪で攻撃した。苔が削れて飛び散る。熊が咆哮を発し、臓腑が裏返りそうなほどの震動がおこる。巨石の上にしがみついて私は下をうかがう。熊は手を伸ばしてがりがりと巨石の上面の縁をひっかいていた。この石がもうひとまわりでもちいさかったら、爪が私に届いていただろう。

熊は両手で押して石を転がそうとするが、圧倒的な力をもってしても、びくともしない。次に私がやったみたいにのぼろうとしてくる。しかし石の表面に爪をたてても、苔がずるずるとはがれるだけだ。しめ縄に熊の前肢がひっかかった。そこを手がかりにのぼってくるかと危惧《きぐ》したが、重みに耐え切れず、しめ縄はちぎれてくれた。おかげで熊は巨石の下をうろついて私を威嚇することしかできない。

真っ黒な生き物が私を見上げる。その目には何の感情もなかった。下りてくるのを待っているのだろうか。私は巨石の天辺で四つん這いになり、すべり落ちないように気をつけた。

「くそっ！　どっか行け！　いなくなれ！」

私は熊にむかって悪態をつく。巨石の上の苔をひきちぎって投げつける。熊とにらみ合いをするのは恐怖そのものだ。全身が黒色で二足歩行をおこなう熊という生き物は、まるで人間の影のように見える瞬間がある。影そのものが厚みを持ち、膨らんで、私たちの命を刈り取るためにやって来たかのようだ。この恐怖から逃れるためだったらどんなことでもするだろう。熊が鼻息をあらくさせて巨石のまわりをのしのしと移動する。骨格や筋肉のうごきが体毛越しにも見て取れた。

「どっか行け、この野郎！」

涙と鼻水を流しながら苔を投げる。熊はその一切を無視していたが、そのうちに鼻をひくつかせて、私に背中を向けてくれた。竹をへし折りながら、竹林へと分け入ってすすむ。その巨体が遠ざかって消えてしまうと、安堵で私はうずくまる。熊はもどってこなかった。そのかわり、本殿のある方角からいくつかの悲鳴が聞こえてきた。熊はみんなのいるところへむかったらしい。しかし自分が駆けつけたところで、どうにもならないだろう。私は巨石から下りなかった。

天を見上げると、竹が視界の周辺から中心にむかって収束するようにのびている。星々がそれらの上でかがやいていた。悲鳴はやがてちいさくなり沈黙がおとずれる。全員が死んだのかもしれない。熊の咆哮も途絶えている。殺戮《さつりく》は終了したのだろうか。それとも山を下る道にみんなが逃げ出して、熊もまた、それを追いかけていったのだろうか。はたして何人ほどが生きのこっているだろう。湧水は無事だろうか。和泉蠟庵や輪は。

　巨石を下りて様子を見に行くのにためらいがあった。もしもまだ熊がこのちかくにいるとしたら。もしかしたら私が地面に下りてくるのを待っているのではないか。しかし意を決して、私は巨石から飛び降りる。

　竹林を抜けて本殿のある方角にむかった。しずかな気配のなかに、すすり泣きが聞こえてくる。だれか生きのこりがいるとわかって、ほっとした。はしっていくと、想像以上の人数が本殿の周辺にあつまっている。熊の姿はない。おそらくだれかが追いはらってくれたのだ。和泉蠟庵と輪も無事だ。二人は怪我人の介抱をしている。

「耳彦さん、無事だったんですね。どこにかくれてたんですか？」

　輪が暗い表情で言った。私は周囲に視線をめぐらせる。

「おおきな石の上にいたんだ。ところで湧水はどこだ？　熊はどうなったんだ？」

　輪は顔をこわばらせている。うめいている怪我人の傷口に布をあてて、だまりこんでいる。

「熊は死んだ」

　和泉蠟庵が煎じ薬を怪我人に飲ませながら言った。痛みを散らす薬だろうか。

「死んだ？　どうやって？」

彼は本殿に顔をむける。正面の戸板が崩れていた。確かそこは開かないようになっていたはずだが、強大な力で破壊されたような形跡である。血も滴っていた。本殿入り口のあたりが赤黒い色に染まっている。しかしこの血を流した者は見当たらない。山頂にのぼってきた様々な動物たちは、熊の襲撃があったことなど気にしていない様子で、本殿の前で二手にわかれ、ぐるりと回り込んで後方に消えていく。

「湧水はどこです？」

私の問いかけにだれも返事をしない。生きのこった者たちが哀れむような表情をしている。本殿にちかづいて中をのぞいた。今朝とおなじように、円形の巨大な鏡が台座にのせられている。戸板と格子の破片が入り口の手前にころがっている以外に変わった様子はない。

「中に入るな、耳彦」

肩に蠟庵が手を置く。

「吸い込まれるぞ。私たちは見たんだ。熊がそこに落ちていくのを」

落ちていく？

「今朝、おしえたことをわすれたのか。その鏡にちかづくと、引っ張られて、落ちていくんだ。この山に仕掛けられた怪異の中央にあるのがそれなんだ」

円形の鏡は磨き抜かれており、曇りもなければ、ゆがみもない。鏡面にうつりこんだものは迫真的で、本殿の奥に円い窓があるようにさえ感じられる。蠟庵の説明によれば、熊が出現して人々を攻撃しはじめたとき、湧水がこの本殿の前から熊にむかって呼びかけたという。

「こっちに来なさい」

今朝、彼女は私といっしょに鏡の話を聞いていた。だから、熊が鏡に近づいたとき、どうなるのかをしっていたのだろう。熊は湧水に近づくと、その体ごと本殿正面の引き戸を引き裂いたという。湧水は倒れ伏してもなお、床を這って本殿に入り、鏡の方へと進んだ。熊はそれを追いかけて湧水に食らいついたという。そのとき、湧水の体は鏡の表面にむかって落ちはじめた。熊もまた引きずられていった。鏡に近づくほど落ちるはやさはます。鏡面に到達してもその力は弱まることなく、骨や肉がつぶれながら平らな面に体が圧縮され、湧水と熊の体は原形をとどめなかった。最後には鏡面に張りついた薄い肉の層となり、それもまたつぶれて鏡面が透けて見えるほどになり、やがて完全に消えてしまったという。

## 五

雲海と夜空が接している線のところまで星々はひろがっている。お日様が雲のむこうに沈んでしまうと月が光を増した。星々のうごく様を見ていると、私たちは巨大なお盆の中心に立っているようにおもえてくる。光のちらばった半球状の天が、ぐるりとお盆の上をめぐっているようだ。

死者を埋葬するために、もう一晩、私たちは山頂にとどまった。とむらいをするために火をたく。竹を切り、燃やすと、パンと音をたてて破裂した。臆病な動物たちはその音におどろいて逃げ出していく。火の粉が空へのぼってゆき、冷えて消えてしまうのだが、その様はまるで、星々のなかに加わっていくかのようだ。

山頂にあつまってくる動物たちは深夜になっても途切れない。たき火の照りかえしをうけながら本殿のところまでやってきて、横を通りすぎ、去って行く。参詣にやってきた旅人のように。

翌日、山頂を後にした。本殿の後方にのびる道をまっすぐ行くと鳥居がある。そのむこうに下りの階段がつづら折りになってのびている。参拝を終えた動物たちとともに私たちは鳥居を抜けた。おそるおそる階段を下りる。異常なことはおこらない。ここに来るときは上ることしかできなかったが、もう下りることが可能だった。竹林と神社のある山頂は後方へと遠ざかり、私たちは雲海へともぐりこむ。今度は山を下ることしかできなくなったらしく、引き返そうとすると迷ってしまい、結局は斜面を下る方向にすすむことになる。湧水の消えた神社には、もう戻ることができないのだ。

山頂で死んだ仲間のことを村人たちは話す。せっかくここまでたどりついたのに死んでしまうなんて悔やんでも悔やみきれないと言う。湧水に関しては、私たち全員を救ってくれたのだと感謝していた。彼女が熊をひきつれて本殿に入らなかったら被害者は増えていただろう。

山頂が遠ざかるにつれて、動物たちもまばらになる。雲海を抜けて山の緑も増えた。足をすべらせないように岩場を下りてたき火を囲む。鳥たちは山頂から麓の方角にむかって飛び、足下の蟻さえも同じ方向へとすすむ。村人たちは神社で手に入れた農機具や鍋を背負っている。岩場に迷いこんだ猪を狩り、鍋で煮込んで食べさせてくれた。私はずっと嗚咽まじりに泣いていたが、ようやく話のできる状態となる。

「湧水とは、麓におりたら、結婚を約束していたのだ」

私がそう言うと、村人たちはわらった。異性の苦手な湧水がそんな約束をするはずがないと言うのだ。私は立ち上がって怒ってみせる。

「冗談なんかじゃないぞ。私たちはいっしょに住むつもりだった。はっきりとした了承を得られなかったが、まんざらでもない様子だったんだ」

「耳彦さん、妄想はやめてください。湧水さんが亡くなったからって、好き勝手なことを言うのはいけません」

輪が冷ややかな目で私を見る。

「うるさいぞ、だまれ、このちんちくりん」

湧水は私に好意的な感情を抱いてくれていたはずだ。きっとそうだ。それはまちがいだとみんなは言うが、私はそれを信じなかった。輪の文句を聞き流して空を見る。分厚い雲にはばまれ、星は見えず、山頂も確認できない。

何日も移動をつづけて、ついに麓が見えてきた。木々の合間に山裾《すそ》の地平がひろがったのである。下りの斜面がようやくおわって道も平坦になった。川に沿って行くと、水車小屋のある村へとたどりつく。水田が村の周辺にひろがっていた。平坦な地面がどこまでもある。私たちはついに山を出たのだ。ふり返って見上げると、確かに高い山がそびえてはいるが、雲の上にまで達するほどではない。私たちが囚《とら》われていた山はどこにいってしまったのだろう。

いっしょに山を越えた村人たちは、それぞれの故郷へともどっていった。別れ際に彼らは、和泉蠟庵と輪に深く頭をたれて感謝を示す。なかには手を握りしめたまま泣き伏す者もいた。ちなみにその二人とちがって、私は彼らの尊敬を受けてはいなかったらしく、会釈程度しかされなかった。それどころか、「お二人に迷惑かけんなよ」などという一言をもらうことさえあった。

私たちのそばに最後までのこっていたのは、生きのこりの子どもと、その母親代わりをしていた中年女である。二人はほんとうの母子のように身を寄せ合いながら故郷への旅をはじめる。まずは子どもの住んでいた村へと送っていくらしい。そして私たちは元の三人組となり、温泉地へとむかう旅を再開した。

「なんだったのでしょうね、あの山は。山頂に祭ってあった鏡が原因だったのでしょうか。だれが、何のためにあんなものを祭ったのでしょう」

街道をあるきながら輪が言った。和泉蠟庵が返事をする。

「山頂で暮らしていた者が、食べ物にこまらないように、動物たちを引き寄せていたのかもしれない。あれほどの高い山にしては植物がよく茂っていた。動物が集う場所は土が肥沃になるものなんだ。罠《わな》を仕掛けておけば、かならず何らかの動物が引っかかってくれただろう。それとも、山頂で暮らしていた何者かが、さみしくないようにと、動物たちを引き寄せていたのだろうか」

「そんなことができるなんて、いったい何者なんですか」

もしもそれをやった者がいるとすれば、およそ人間とはおもえない。

和泉蠟庵はむずかしい顔をして、懐から三枚の紙片を取り出す。確かそれは山頂の建物の一室で私が見つけたものだ。丸められて壺のなかに捨てられていたものである。それらには墨で落書きがなされている。私と輪が左右から蠟庵の手元をのぞきこんでいるとおしえてくれた。

「この絵は、私が子どものころに住んでいたところとそっくりなんだ。家の縁側から見えていた景色が、ちょうどこんな様子でね。それに、ほら、こちらの絵にしても、私が住んでいた家に似ているし、この文様は私の家の家紋をおもわせる」

どうやら三枚の絵は、和泉蠟庵に関わりの深いものだったらしい。しかし、そんなものがなぜ山頂にあるというのだろうか。私は首をかしげる。

「かんがえすぎでは？　私には、ただの子どもの落書きに見えますがね」

「そうかもしれない」

彼はすこしわらって紙片を懐にもどす。

和泉蠟庵の母親が子どものころに神隠しにあって、数年間、行方をくらませていたという話を聞いた。蠟庵によれば、彼の母親がどこでだれと過ごしていたのかは最後までわからなかったという。神隠しからもどってきたとき、人の言葉さえわすれており、その間のことをすっかりわすれていた。子どもを産んだのはそれからしばらくしてからのことだ。神隠しにあったとき、何者かの子どもを身ごもっていた。そして産まれた赤ん坊こそ、和泉蠟庵だったのである。

彼の父親が何者なのかは今もわからずじまいだ。噂によれば、彼の母親は天狗に連れ去られたのであり、天狗の子どもを身ごもったのではないかと言われているらしいが、私はそれを聞いて納得してしまう。

和泉蠟庵の迷い癖はもしかすると、天狗の血がまじっているせいではないのか。天狗の血が本来、持っている霊力を、うまくつかうことができなくて、行き過ぎてしまうのではないか。流れ星が途中でゆっくりになって行き先を変えることができないように、蠟庵はあるきはじめると、ついうっかりと、たったの一歩で、いくつもの山を越えてしまうのではないか。そうかんがえなければ彼の方向音痴は異様である。

「旅先で怪異をあつめて本にしましょう」

おもいついたように輪が言ったのは、和泉蠟庵の迷い癖のせいで、沼地をあるかされているときのことだった。ついさきほどまで景色の良い一本道を旅していたはずなのに、いつしかこんなところに迷いこんでいる。足を泥にとられながら輪は提案した。

「旅本が売れなくなっているのなら、しかたありません。旅の本をつくりながら、ついでに各地のこわい話や伝承をあつめて、それをまとめればいいではありませんか」

「そんなもの売れるものか。こわい話など、だれが読みたがる?」

私はおもわずあきれてしまった。それだったら、鉄火場の場所を旅本に書いておいてくれたほうがよほどありがたい。しかし蠟庵は、沼地に足をとられながらうなずいている。

「耳彦が遭遇したこわい話を、これまでにもいくつか書きためておいたのだが、意外にたのしいものだ。読み返す度に私はおもわずわらってしまう。いつかみんなにも読んでもらおうとおもっていたんだ」

「耳彦さんの不幸は、たのしいものですからね」

私は文句を言おうとして、沼地に頭から突っ込んで泥まみれになる。二人は私を置いてどんどん先にすすんだ。耳に詰まった泥をとると、蠟庵の話す声が聞こえてくる。

「怪異についてあつめていれば、私の父の正体も、わかる日が来るかもしれない」

和泉蠟庵の父親がほんとうに天狗なら、その伝承はそこら中にのこっている。それらをあつめるのは一苦労にちがいない。ともかく私たちの旅はつづいた。温泉地に到着し、お湯の効能について調べ、宿でめずらしい食べ物を口にする。古い言い伝えや、昔話、老人たちの語るこわい話に耳をかたむける。夜になり、湯煙のたちこめる温泉地で一人になると、酒屋で酔っぱらい、私は妻になったかもしれない女のことをおもいだす。池の畔で出会った女の顔やたたずまいを。恥ずかしそうにうつむいた仕草を。わらったときの声を。はじめのうち、彼女の輪郭はくっきりとしていたが、日を追うごとにぼやけてゆき、最後にはただ、なつかしい印象だけが胸にのこった。

本書は、二〇一六年三月に小社より刊行
された単行本を、文庫化したものです。

# 私《わたし》のサイクロプス

山白朝子《やましろあさこ》

平成31年 2月25日　初版発行
令和6年 12月10日　6版発行

発行者●山下直久

発行●株式会社KADOKAWA
〒102-8177　東京都千代田区富士見2-13-3
電話　0570-002-301(ナビダイヤル)

角川文庫 21449

印刷所●株式会社KADOKAWA
製本所●株式会社KADOKAWA

表紙画●和田三造





●お問い合わせ
https://www.kadokawa.co.jp/（「お問い合わせ」へお進みください）
※内容によっては、お答えできない場合があります。
※サポートは日本国内のみとさせていただきます。
※Japanese text only





ISBN 978-4-04-107763-4　C0193

# 角川文庫発刊に際して

角川源義

第二次世界大戦の敗北は、軍事力の敗北であった以上に、私たちの若い文化力の敗退であった。私たちの文化が戦争に対して如何に無力であり、単なるあだ花に過ぎなかったかを、私たちは身を以て体験し痛感した。西洋近代文化の摂取にとって、明治以後八十年の歳月は決して短かすぎたとは言えない。にもかかわらず、近代文化の伝統を確立し、自由な批判と柔軟な良識に富む文化層として自らを形成することに私たちは失敗して来た。そしてこれは、各層への文化の普及滲透を任務とする出版人の責任でもあった。

一九四五年以来、私たちは再び振出しに戻り、第一歩から踏み出すことを余儀なくされた。これは大きな不幸ではあるが、反面、これまでの混沌・未熟・歪曲の中にあった我が国の文化に秩序と確たる基礎を齎らすためには絶好の機会でもある。角川書店は、このような祖国の文化的危機にあたり、微力をも顧みず再建の礎石たるべき抱負と決意とをもって出発したが、ここに創立以来の念願を果すべく角川文庫を発刊する。これまで刊行されたあらゆる全集叢書文庫類の長所と短所とを検討し、古今東西の不朽の典籍を、良心的編集のもとに、廉価に、そして書架にふさわしい美本として、多くのひとびとに提供しようとする。しかし私たちは徒らに百科全書的な知識のジレッタントを作ることを目的とせず、あくまで祖国の文化に秩序と再建への道を示し、この文庫を角川書店の栄ある事業として、今後永久に継続発展せしめ、学芸と教養との殿堂として大成せんことを期したい。多くの読書子の愛情ある忠言と支持とによって、この希望と抱負とを完遂せしめられんことを願う。

一九四九年五月三日